KB053508

인연을 소중히 하는 마음으로

오영이가 드립니다.

펭귄의 이웃들

펭귄의 이웃들

오영이 소설

산지니

차례

아무도 모른다*

느닷없이 엘리베이터가 멈추고 문이
열리는 순간 내가 사는 층보다 더 높은 층을
향해 올라가는 사람들이 도달하는 정점은
어디일까를 상상하기도 한다.
그럴 땐 분명 올라가는 엘리베이터를 타고
있으면서도 끝을 알 수 없는 어딘가로
추락하고 있는 것 같아 문득 당황하게 된다.

* 고레에다 히로카즈 감독이 만든 동명의 영화에서 제목을 따옴.

S백화점 네일살롱

"베이스 컬러가 어두울수록 더 반짝거릴 거예요."

유니폼이 잘 어울리는 여자애는 색색의 네일스톤이 들어 있는 유리볼 몇 개를 테이블 위에 올려놓는다. 루비, 사파이어, 에메랄드, 다이아…. 보석의 이름으로 불리고 있지만 한낱 플라스틱 조각일 뿐인 네일스톤은 백화점의 할로겐 조명 아래 고혹적으로 빛났다. 이 중 몇 개를 골라 내 손톱 위에 올려놓는 순간 진짜 보석인 양 비싼 값이 매겨질 것이다. 나는 여자애의 권유대로 탁한 그레이 컬러를 베이스로 정하고 나서 망설임 없이 커다란 루비를 고른다.

"너무 큰 건 좀 어색하지 않을까요? 더구나 이렇게

현란한 색을."

여자애의 남도 사투리가 거슬려 나도 모르게 한쪽
눈썹이 올라갔다. 어색이라는 단어를 쓰고 있지만 사
실은 촌스럽다는 말을 하고 싶은 건지도 모른다. 나는
대꾸를 하지 않는 것으로 여자애의 말을 묵살한다. 순
간 매니저가 잽싸게 다가왔다.

"이렇게 과감한 선택이 쉽지 않은데, 탁월하십니다."

여자애의 섣부른 참견을 만회해보려고 매니저가 나
섰겠지만 매니저 역시 촌스럽다는 말 대신 탁월하다고
했을 것이다. 보일 듯 말 듯 빛나는 게 더 세련돼 보인
다는 건 나도 안다. 보이면 다행이지만 보이다 말 수도
있다. 크고 화려해야 어디서든 누구에게든 보이는 법.
어중간하게 보이기 시작하면 끝내 어중간하게 살다 죽
을 수밖에 없다.

눈을 내리깐 채 엄지와 검지로 파일을 잡은 여자애
의 손놀림이 예사롭지 않았다. 빠르게 움직이는 것 같
지도 않은데 순식간에 손톱의 모양을 만들어냈다. 둥
글지도 않고 각지지도 않게 아우트라인을 잡는 솜씨
가 마음에 들었다. 여자애는 버퍼를 납작하게 기울여

손톱 표면을 다듬는가 싶더니 어느새 젤을 바르고 있다. 톤이 다른 회색 에나멜 세 개를 꺼내 손톱 아래부터 그라데이션해가는 동안 줄곧 입을 다문 채 한 번도 나와 눈을 마주치지 않는다. 아마도 내가 나간 뒤 매니저로부터 듣게 될 잔소리가 지레 불만인 모양이다. 어쩌면 겁을 먹은 건지도 모르고. 분수를 모르고 나대는 것들은 겁이 뭔지 알아야 한다.

젤램프에서 손을 빼자마자 매니저가 라커에서 가방을 꺼내주었다. 신상이라는 걸 알아본 건지 움찔 놀라는 기색이다. 하지만 언제든지 들러서 추가 서비스를 받으라는 말로 인사를 할 뿐 신상 명품가방 얘기는 하지 않는다. 커다란 스톤을 눌러 박은 내 손톱의 현란함을 촌스럽다고 여기는 게 분명했다. 나는 낚아채듯 가방을 들고 백화점 1층의 네일살롱을 나온다.

S백화점 VIP 전용 라운지

숙녀복 매장으로 가볼까 하다가 라운지로 향했다. 연간 얼마어치의 물건을 사 가느냐로 레드니 블랙이니

골드니 플래티넘이니 하는 이름으로 고객의 등급을 매기고, 전용 라운지를 제공하는 백화점이 나는 좋다. 골드에서 플래티넘으로 등급이 격상된 후에는 백화점에 더 자주 오게 된다. 함부로 들어갈 수 없는 성역은 그만큼 좁아지고 나는 아무렇지 않게 그 좁은 문을 출입하는 신분이 된 것이다. 그중에서도 최상위 고객은 트리니티 등급으로 분류되어 특별한 대우를 받는다는데 그들은 어떤 사람일지, 정말 있기나 한 건지가 나는 늘 궁금하다.

VIP 전용 라운지에서 커피를 내주는 여직원도 유니폼이 잘 어울렸다. 온종일 꼿꼿이 선 자세로 고객을 응대하는 이 여직원들은 아마도 틈만 나면 고객 몰래 종아리를 주무를 것이다. 그러면서도 늘 똑같은 각도로 입꼬리를 올리고 미소를 지을 것이다. 어떤 치욕을 안겨주든 영혼이라도 갖다 바칠 듯 친절하기만 한 저 절박함. 백화점 네일살롱도 그렇고 라운지도 그렇고, 오늘은 유니폼 입은 여자애들이 자꾸 거슬린다.

며칠 계속되고 있는 더위 때문인지 아까부터 계속 편치가 않다. 내가 유독 더위를 못 참게 된 게 언제부터

였을까 생각하다 움찔 진저리를 친다. 가만히 있어도 목덜미부터 끈끈하게 땀이 번지는 이맘때면 순간순간 떠오르는 기억들. 아무리 외면하려 해도 집요하게 달라붙어 뇌수까지 파고드는 장면들. 유니폼에 달린 이름표가 비뚤어졌다며 슬쩍 가슴께에 손을 갖다 대던 중년의 고객들을 향해 욕을 하는 대신 입꼬리를 더 올리며 웃음을 지어야 했던 날들. 그럴 때는 아무리 더운 날에도 곧잘 소름이 돋았었다.

유니폼을 벗어 던지고 퇴근을 하는 순간부터 내일 다시 입어야 할 유니폼에 진저리를 치던 그때, 전국에 프랜차이즈 가맹점을 거느리고 있던 치킨 브랜드의 직영점 알바를 하면서 그곳을 탈출하는 제일 빠른 방법은, 고용주를 동아줄로 삼는 거라는 걸 나는 알았다. 휴학과 복학을 반복해가며 6년째 다니던 대학의 마지막 학기였고 졸업을 하더라도 닭 냄새로 가득한 치킨 매장 계약직을 벗어날 길이 요원하던 나에게 남편은 기꺼이 동아줄이 되어주었다. 대신, 남편의 전처는 동아줄을 놓아야 했다. 하나의 줄에 둘이 매달릴 수는 없는 거였다. 더구나 전국 규모로 가맹점이 생겨나면서 성공한 사업가로 알려지고 있던 남편의 허영에 고졸의 전처는 어울리지 않았다. 남편 역시 공고졸업이 최종 학력이었기에, 혼자 힘으로 학비를 마련해 도시 최고의 국립대학을 다니고 있는 나는 그의 성공신화에 덧대기 좋은 액세서리였을 것이다.

나는 미간을 좁혀 주름을 만들면서 여직원에게 괜한 짜증을 낸다. 덥다고 실내 온도만 낮추면 되겠냐고, 그렇게 센스가 없으면서 어떻게 VIP 고객 서비스를 맡았냐고 생트집을 잡았다. 탁 소리가 나게 머그잔을 내려놓자 여직원은 재빨리 테이크아웃 컵에 얼음을 채우고 갓 내린 커피를 부어 공손하게 내밀었다. 뭘 잘못했는지는 모르면서도 어떻게 수습해야 하는지는 잘 알고 있었다. 그러고는 옥상정원으로 올라가면 자연풍이 불고 있어 더위를 식히기 딱 좋을 거라면서 생글생글 웃었다. 나는 책잡을 말을 더 찾아내려 했지만 그 해사한 웃음을 보는 순간 힘이 탁 풀리면서 말문이 막혔다. 여직원의 입가에 걸려 있는 미소가 아니라 목까지 올라와 있는 분노가 보여 더는 건드릴 수가 없었다.

S백화점 옥상정원

아이스아메리카노가 든 종이컵을 들고 백화점 9층 옥상정원으로 간다. 한 모금씩 마실 때마다 쌉싸름한 뒷맛을 남기는 커피가 시원했다. 저 멀리 고층 아파트가 즐비한 수영 강변이 펼쳐져 있고 정교하게 구획된 센텀시티가 한눈에 내려다보였다. 잘 손질된 가로수로 반듯하게 구획이 정리된 도로는 너무 깨끗해 현실감이 없었다. 어디로 눈을 돌리든 영화의 세트장이 아닐까 싶을 정도로 반듯하고 깨끗하기만 했다.

쇼핑이 지루해질 때쯤 딱 필요한 게 뭔지를 이 백화점은 정확하게 알고 있었다. 자연과 인공을 동시에 발아래로 두면서 내가 서 있는 위치를 가늠하게 해주는 절묘한 높이. 옥외정원을 만들어두고 놀이공원까지 연출해 놓은 이 마법의 공간을 상술이라 해야 할까, 배려라 해야 할까?

바람에 머리카락을 날리며 공룡, 해적선, 미니 회전목마를 천천히 둘러본다. 뺨에 와 닿는 바람의 감촉은 감미로웠고 커피 맛은 깊고 진했다. 하지만 공룡 배 속을 타고 내려오는 미끄럼틀 앞에서 사진을 찍어대는 계집애를 보고 있자니 뭔가 허전한 느낌이 들었다. 중요한 걸 흘리고 온 듯 뒷머리가 서늘해지고 한번 서늘해진 느낌은 계속 뒷머리를 잡아당겼다.

참…. 아이를 데리고 왔었지! 아이 생각을 하자 화부터 난다. 아까부터 괜히 짜증이 나고 께름칙했던 게 아이 때문이었던 모양이다. 나는 크게 한숨을 내쉬고는 커피 한 모금을 삼킨다. 자연바람을 즐기며 커피 한 잔 마실 여유마저 없다니, 이게 다 남편의 혹 덩어리 때문이다.

아이의 눈 위에 푸릇하게 들었던 멍이 자꾸 눈 아래로 내려오면서 제법 표가 나기에 유치원에 보내지 않은 게 벌써 사흘째다.

"살이 여려서 그런지 툭하면 멍이 드네."

남편에게는 유치원에서 미끄럼을 타다 넘어져 멍이 들었다며 심상한 척 둘러댔다. 계집애가 미끄럼을 어떻게 탔기에 얼굴을 다치냐는 말이라도 나올까 걱정했지만 남편은 쯧, 소리를 내며 혀를 한 번 차고는 그걸로 끝이었다. 아무리 어려도 그렇지, 몇 대 쥐어박았다고 그렇게 쉽게 멍이 들어서야…. 그 또래 아이들이 원래 그런 건지 남편의 아이만 그런 건지는 몰라도 나는 약한 것들이 싫다. 제 엄마가 집에서 나가고 내가 들어온 후로 말을 하지 않게 된 아이는 조금만 손을 대도 표가 나서 정말 싫다.

십오 년 연상의 남편은 나와 재혼하면서 당연하다는 듯 딸을 내게 맡겼다.

"좋은 대학 나왔으니까 못 배운 엄마보다 잘 키울 수 있지?"

아이는 전처에게 보낼 거라 생각했던 게 오산이었다는 건 뒤늦게 깨달았다. 그렇지만 아이를 맡을 생각이 없다는 말은 하지 않았다. 전업주부였던 전처에 비해 내가 아이를 똑똑하게 키울 거라고 믿는 남편을 향해 해사하게 웃으며 고개까지 끄덕였다. 그러면서 생각했다. 욕을 퍼붓는 대신 입꼬리를 올리며 웃는 건 이게 마지막일 거라고.

가끔 전처가 아이를 보러 오면 남편은 대놓고 못마땅한 기색을 드러냈다. 내가 보기에 남편과 전처는 꽤 잘 어울렸지만 남편은 어쩌다 저렇게 격 떨어지는 여

자를 만나 결혼까지 했는지 모르겠다며 혀를 차기 일
쑤였다. 아이가 나풀거리는 걸음으로 제 엄마가 기다
리는 로비로 나갈 때마다 짜증을 감추지 않는 남편을
보는 일은 내게도 짜증스러웠다.

반쯤 남은 아이스커피가 든 종이컵을 한 손에 들고
나는 지하 주차장으로 내려가는 엘리베이터를 탔다.
엘리베이터 문 위에서 층수를 알려주는 숫자가 한 단
위씩 줄어들 때마다 한 층씩 추락하는 것 같아 괜히 미
간을 좁혔다. 엘리베이터를 내려 VIP 전용 주차장을 향
해 가는 동안 열기가 훅 끼쳐오자 짜증은 극에 달했다.
걸음을 재게 놀리며 차를 향해 가는 동안 계속 땀이 흐
른다. 손톱 관리만 얼른 받고 와야지 하면서 아이를 차
에 두고 내렸는데 그새 꽤 시간이 지나버렸다. 기분전
환을 하려고 백화점에 왔는데 스트레스만 더 쌓이고
말았다.

S백화점 VIP 전용 주차장

차 문을 여는 순간, 뒷자리에 모로 누워 있는 아이가

보인다. 문을 열고 나가지 않아 일단은 안심이다. 하긴 어차피 말도 못하는 주제에 차 밖으로 나가본들 별수 없다는 걸 저도 아는 거겠지만 그래도 온순한 편이라 데리고 다닐 만은 하다.

아이의 머리 아래 카시트가 땀으로 흥건했다. 컴컴하던 차 안에 미등이 들어오자 아이는 실눈을 뜨는가 싶더니 이내 도로 눈을 감고 숨만 몰아쉬었다. 들썩이는 어깨가 아니라면 죽은 것처럼 보이기도 할 것 같았다. 나는 급한 마음에 들고 있던 커피를 아이에게 먹였다. 루주 자국이 선명한 빨대를 입에 물려주자 아이는 눈을 감은 채 꿀꺽꿀꺽 커피를 마셨다. 아직 다 녹지 않은 얼음 알갱이만 남을 때까지 아이는 빨대를 빨아댄다. 세상에 네 살짜리가 커피라니…. 커피가 쓴 줄도 모를 만큼 아이의 세상살이도 고단한 모양이다.

아이의 엄마가 된다는 건 이를 악물고 공부를 하는 것과는 달랐다. 이유도 모른 채 엄마를 잃은 아이는 말을 하지 않았다. 실어증 진단을 받은 아이를 엉겁결에 떠맡은 나는 어떻게 해야 할지 알 수 없었다. 울고불고 강짜를 놓는 것보다 말문을 닫아버리는 것이 저를 에

워싼 어른들에게 더 치명적이라는 걸 알 만큼 영악해 보이지는 않았지만 한번 닫은 아이의 입은 도무지 열리지 않았다. 남편은 어디서 무슨 말을 들었는지 백화점 문화센터 유아 프로그램에 가보라고 했다. 나는 안 그래도 그렇게 하려 했다며 아이를 데리고 나섰다. 기대에 찬 표정을 지어 보이며 아이 손을 잡고 백화점으로 향하는 내 등을 토닥이며 남편은 고마워했다. 남편의 손이 닿는 등 언저리에 소름이 돋았다.

아이와 함께 유아 프로그램에 참여하는 건 끔찍했다. 공이 가득 담긴 미니풀장 옆에 앉아 점토를 주무르고 판화체험을 하면서 간간이 옆자리 아이 엄마와 웃음을 주고받아야 하는 건 정말이지 못 할 짓이었다. 판화체험을 할 때는 조각도로 옆자리 아이 엄마의 이마를 찍어버리고 싶은 충동을 참느라 아프도록 주먹을 쥐어야 했다. 그 뒤부터는 유아 프로그램에 가지 않았다. 아이 혼자 보내놓을 프로그램이 있는지 찾아보려다 그것도 귀찮아서 그만두었다.

고작 한 시간 남짓 차 안에 있었을 뿐인데 애가 이 지경이 되어 있다니 덥긴 더운 모양이다. 부드러운 엔

진음과 함께 시동이 걸리자 에어컨 바람이 흘러나왔다. 차 안에 찬 기운이 퍼지기 시작하면서 늘어져 있던 아이가 조금씩 기운을 차렸다. 차를 출발시켜 백화점 주차장을 빠져나올 때쯤 뒷자리에 널브러져 있던 아이는 일어나 앉았다. 백미러에 비치는 아이의 조그만 얼굴을 보고 있자니 저절로 미간에 깊은 주름이 생긴다. 말 한마디 하지 않으면서 늘 내 화를 돋우는 저 고집스러운 혹 덩어리를 어떡하면 좋을까?

A아파트 로비

지하에 차를 대고 3층 로비로 들어서자 또 유니폼을 입은 직원들부터 눈에 들어왔다. 어딜 가나 저놈의 유니폼. 땀에 푹 절어 있는 아이의 손을 잡고 엘리베이터 쪽으로 걸어가는 동안 프런트 여직원 하나가 기어이 아이에게 알은체를 했다. 실어증에 걸린 걸 알면서도 볼 때마다 아이에게 말을 붙이는 여직원은, 도열해 있는 12대의 엘리베이터 중 한 대의 열림 버튼을 눌러준다. 나도 모르게 표정이 구겨졌다. 58평, 65평, 75평, 그리고 펜트하우스로 나뉘는 주민들을 다 파악하고 있는 모양이었다. 그중 내가 사는 집이 몇 평이며, 그래서 층별로 운행하는 엘리베이터 중 어떤 걸 타야 하는지도 정확히 알고 있는 것이다. 선택된 소수들만 모일 수 있는 이곳에서 더 특별한 소수가 이용하는 엘리베이터가 따로 있다는 사실에 새삼 현기증을 느끼며 나는 저층용 엘리베이터에 올라탔다.

"가치의 정점에 오르다."

들릴 듯 말 듯 엘리베이터 안을 떠다니는 클래식 음악에 섞여 가끔 이 아파트를 홍보하는 광고 멘트가 들려오기도 했다. 자연스럽게 음악에 섞이는 단 한 문장. 화인이 찍히듯 뇌리에 확 박히는 이 문구를 듣고 나면, 이렇게 거침없이 위를 향해 올라가고 있는 엘리베이터를 타고 '정점'에 올라 남다른 '가치'를 갖게 될 거라는 생각이 들곤 한다. 그러다 느닷없이 엘리베이터가 멈추고 문이 열리는 순간 내가 사는 층보다 더 높은 층을 향해 올라가는 사람들이 도달하는 정점은 어디일까를 상상하기도 한다. 그럴 땐 분명 올라가는 엘리베이터를 타고 있으면서도 끝을 알 수 없는 어딘가로 추락하고 있는 것 같아 문득 당황하게 된다.

A아파트 58평형 현관

전자음을 내며 현관문이 열리자 프린스가 쪼르르 달려 나왔다. 입을 벌려 열심히 짖고 있지만 성대가 제거된 목에서는 아무 소리도 나오지 않는다. 발에 밟힐 듯 엉겨 붙는 프린스도 아랑곳하지 않고 아이는 냉장고에서 우유를 꺼내 마셨다. 컵에 따르지도 않고 식탁의자를 꺼내 앉지도 않은 채, 냉장고 문까지 열어놓고 벌컥벌컥 우유를 마시고 있다. 나는 다짜고짜 손바닥으로 아이의 뒤통수를 후려쳤다. 그 바람에 아이의 손을 벗어난 우유팩이 퍽 소리를 내며 바닥에 떨어지고 아이는 냉장고 문에 앞이마를 찧는다. 순간 짜증이 확 솟는다. 눈가에 든 멍이 겨우 삭는가 싶었는데 또 이마에 멍이 들면 어떡하나. 나는 얼른 아이의 얼굴부터 살폈다. 좀 벌게지긴 했지만 괜찮아 보였다.

어느새 쪼르르 달려온 프린스는 바닥에 쏟아져 있는 우유를 핥느라 여념이 없고 우유를 밟은 발로 비적비적 아이가 움직일 때마다 바닥에 하얀 자국이 생긴다. 오전 내내 아줌마가 청소를 해놓고 간 집이 어질러지는 건 늘 이렇게 순식간이다. 나는 울먹이는 아이를 노려보며 소리를 빽 지른다.

느닷없이 획 하는 바람 소리가 들리더니 발코니 쪽 창이 흔들린다. 또 빌딩풍인 모양이다. 빌딩에 바람이 부딪쳐 갈라질 때 건물과 건물 사이에서 순간적으로 강하게 몰아치는 회오리. 저놈의 빌딩풍이 불어닥칠 때면 가슴 한 귀퉁이에 쩍 하고 금이 가는 느낌과 함께 섬뜩한 기운이 온몸으로 퍼진다.

기어이 나는 아이의 뒤통수를 한 대 더 내려치고 만다.

A아파트 58평형 욕실

아이는 욕조 속에서 잘박잘박 물소리를 내며 논다. 노란 오리들을 띄워놓고 노는 모습이 즐거워 보였다. 이 애가 원래 오리를 좋아했던가? 잘 모르겠다. 남편이 전처를 내보내고 내게 아이를 맡긴 지 일 년이 지났지만 아이가 뭘 좋아하는지 뭘 싫어하는지 눈여겨본 적은 없었다. 제 엄마와 떨어지던 그날부터 말을 하지 않는다는 것 외에 아이에 대해 아는 게 별로 없는 건 나나 남편이나 마찬가지다. 한창 가맹점이 늘고 있는 사업에 남편은 바빴고 아이를 소아정신과에 데려가는 건 내 몫이었다. 아이가 말을 하거나 말거나 솔직히 상관은 없지만 그래도 꾸준히 아이를 병원에 데리고 다닌다. 그래야 남편에게 할 말을 다 할 수 있으니까.

땀과 우유로 범벅되어 있던 몸을 씻고 욕조에 앉아 물장난을 하고 있는 아이를 보고 있자니 자꾸 불편한 마음이 든다. 사실 처음부터 아이가 미웠던 건 아니다. 미워할 만큼 관심을 갖지도 않았다. 치킨매장의 딱딱한 테이블에 등을 대고 누운 채 남편을 받아들이던 그때는 사장이던 남자를 남편으로 만들 수만 있다면 다른 건 아무래도 상관없었다. 결국 남편은 전처와 이혼을 하고 나와 재혼했다. 굳이 그렇게 해야 했었냐고 묻는다면 딱히 할 말은 없다. 그때는 그냥 다른 방법은 없다고 생각했을 뿐이다.

아이를 데리고 남편의 전처가 매장에 오던 날, 직원

들은 일을 멈추고 허리 굽혀 인사를 했다. 나도 따라 허리를 굽혔다가 머리를 드는 순간 내 눈앞에는 평범하다 못해 촌스러운 여자 하나가 서 있었다. 저런 볼품없는 아줌마가 성공한 사업가의 아내이자 도시를 대표하는 고급 아파트의 안주인이라는 게 믿어지지 않았다. 나는 억울했다. 온갖 알바를 해가며 힘들게 다니고 있던 대학도 무의미해지고, 틈틈이 입사지원서를 접수하고 면접 통보가 오기만을 기다리는 시간도 허탈했다. 저렇게 아무것도 아닌 여자가 누리고 있는 모든 것들이 부당하다는 생각밖에 들지 않았다. 더구나 사장과 함께 나가는 여자의 뒤통수에 대고, 고졸이라 사장이 공식적인 부부동반 모임에는 잘 데리고 가지 않는데 오늘은 웬일이냐는 직원들의 수군거림이 들려오자 억울해서 참을 수가 없었다. 지금까지 내가 안간힘을 쓰며 해온 모든 노력들이 쓰레기통에 처박히는 순간이었다.

전처를 집에서 내보내는 데 성공하고 초고층 아파트의 안주인이 되었지만 생각만큼 성취감은 느껴지지 않았다. 점점 머리숱이 줄고 뱃살이 두터워지는 남편과의 일상을 참아내는 것은 짜증이 나다 못해 진이 빠지는 일이었다. 나이 차이가 곧 세대의 차이라는 것도 같이 살면서 알게 되었다. 내가 하는 말을 한 번에 알아듣지 못하는 남편과의 대화는 소통이 아니라 노동이었다. 치킨 매장 알바의 눈에 비치던 성공한 사업가는 온데간데없어져 버리고 볼품없는 중년의 남자와 매일 같은 침대를 쓰는 끔찍함만 남기까지는 채 일 년도 걸리지 않았다. 더구나 전처가 남기고 간 혹 덩어리를 달고 살아야 하는 짜증이 나를 한계상황으로 몰아붙일 때면 주체할 수 없이 화가 났다.

오리 장난감을 들고 노는 아이를 보고 있는 동안 갖가지 상념이 멈추지 않는다. 어린 시절, 난전에서 생선을 팔던 엄마가 돌아와 푸념과 함께 늦은 저녁을 차릴 때까지 방바닥에 엎드려 보던 책의 표지에도 노란 오리들이 있었다. 미움만 받던 오리가 나중에 백조가 되어 날아오르는 그림이 들어 있는 페이지에 뺨을 대고 긴 낮잠을 잤던 기억이 떠오른다. 못난 오리라고 구박했던 다른 오리들이 부러운 눈길로 백조를 쳐다보는 마지막 장을 넘기고 나면, 왕자가 나타나 하얀 말에 공주를 태우고 궁전으로 가는 이야기가 펼쳐졌다. 사실 미운 오리가 백조가 되는 일은 없고, 아무리 기다려도 백마를 탄 왕자는 오지 않는다는 것쯤 이미 알고 있었지만 책 속의 그림들이라도 보고 있어야 덜 지루했다.

욕조 턱에 걸터앉은 채 생각에 잠겨 있는 동안 시간이 꽤 흐른 모양이다. 아이는 오리 가족을 물속에 담갔다 끄집어내며 입술을 오물거렸다. 아무리 실어증이라 해도 하고 싶은 말이 아예 없지는 않은가 보다. 나는 두 손바닥을 모아 물을 떠서 아이의 등에 끼얹었다. 아이가 놀이를 멈추고 말간 눈으로 나를 올려다보았다.

아이의 조그만 등이나 허벅지에 손자국이 나도록 후려치고 나면 괜히 그랬다 싶을 때도 없지는 않다. 퍼렇게 멍이 번져갈 때는 남편이 알까 봐 겁도 난다. 가끔은 안 그래야지 마음을 다잡으며 아이의 머리를 가만히 쓸어볼 때도 있다. 남편이 출근하고 아이와 둘이 커다란 집에 남겨지면 서울식 억양 대신 경상도 사투리로 떠들어대는 나를 신기한 듯 쳐다보는 아이. 서울 억양을 흉내 내며 사는 삶이 이렇게 피곤해질 줄은 몰랐다며 아이를 향해 질편하게 사투리를 쏟아내고 나면 왠지 후련해져 아이의 여린 살에 뺨을 대보기도 했다. 어쩌다 한 번씩은 아이의 체온이 나와 같다는 게 신기할 때도 있다. 하지만 정말 어쩌다 한 번씩일 뿐이었다.

아이는 내가 원치 않을 때도 같이 있어야 했고, 내가 원하는 걸 나눠 가져야 했다. 남편은 아이에게 드는 돈을 아까워하지 않았지만 나는 그 돈이 아까웠다. 아이가 자랄수록 돈이 더 들 건 뻔하고 그만큼 내 몫이 줄어드는 게 싫었다. 치료 효과도 없는데 주기적으로 소아정신과 상담을 하고 비싼 유치원에 꼬박꼬박 돈을 갖다 바치는 것도 마음에 안 들었다. 그냥 말을 하면 될 텐데 아이는 왜 한번 다문 입을 열지 않는지, 나는 그 고집이 미워서 참을 수 없어질 때가 많았다.

그러다 어느 날인가부터 나를 올려다보는 아이의 그 말간 눈이 싫어 배를 걷어차거나 머리를 벽에 처박았다. 커갈수록 제 엄마를 닮아가는 그 눈이 내 속을 훤히 들여다보고 있기라도 한 것 같아 화를 주체할 수 없어지면 나도 나를 어쩔 수가 없었다. 그럴 땐 눈앞이 하얗게 표백되면서 뇌 속에 주파수 높은 소음이 가득 찼다.

나는 아이에게서 오리를 확 낚아채 욕실 구석에 던지고는 욕조의 물을 빼버린다. 아이의 머리 위에 수건을 던져주고 욕실을 나오는데 발밑에서 뭔가 물컹 밟히며 꿰억 소리를 낸다. 노란 오리 한 마리가 처참하게 눌린 채 내 발밑에 놓여 있었다.

A아파트 58평형 침실

남편은 침대에 모로 누워 스마트폰을 들여다보고 있다. 보나마나 또 성공한 사업가랍시고 창업비결이나 떠들어대는 유튜브 방송일 것이다. 제작자만 다를 뿐늘 똑같은 내용을 들여다보는 게 남편은 지겹지도 않은가 보다. 소리나 좀 줄이고 보든지. 나는 킹사이즈 침대 두 개를 붙여놓은 더블킹사이즈 침대의 반 이상을 차지하며 누워 있는 남편이 거슬려 이맛살을 찌푸렸다. 생각 같아서는 방을 따로 쓰자고 하고 싶지만 차마 그 말을 입 밖으로 꺼낼 수는 없다. 오늘은 어떤 영상이야? 숙제라도 하는 마음으로 목소리에 애교를 섞었다. 순간 내 목소리가 낯설어 몸을 움츠렸다. 알바

시절, 일부러 늦게까지 매장에 남아 남편을 기웃거리던 내 모습이 떠오른다. 셔츠 단추 두 개를 풀고 괜히 몸을 숙여 떨어진 볼펜을 줍던 어색함, 볼펜을 주워주던 남편의 손이 셔츠 자락을 비집고 들어올 때 끼쳐오던 역한 체취. 느닷없이 떠오르는 장면에 나도 모르게 진저리를 쳤다.

남편은 대꾸가 없다. 폰 속으로 빨려 들어가기라도 할 것처럼 뚫어져라 영상만 들여다보고 있었다. 도대체 뭘 보고 있기에 이러는 걸까? 나는 남편의 어깨너머로 조그만 화면을 쳐다보았다. 딱히 궁금했던 건 아니지만 남편의 태도가 오늘따라 유난하기에 그냥 한번 본 것일 뿐이었다. 그런데 그러지 말았어야 했다.

스마트폰 속에는 어이없게도 남편 전처의 얼굴이 들어 있었다. 독특한 아이템으로 창업에 성공한 사람들을 인터뷰하는 유튜브 채널에 전처가 나온 것이었다. 닮은 사람이겠거니 하고 다시 봤지만 남편의 전처가 분명했다.

"좁은 집과 작은 침대가 행복한 가족을 만든다는 게 제 디자인의 핵심이에요. 집이든 침대든 너무 크면 가

아무도 모른다   31

족은 멀어지죠. 말하지 않더라도 서로의 감정을 느낄 수 있는 거리. 제가 만든 침대는 가족에 대한 그런 생각을 담고 있습니다."

내가 알던 남편의 전처가 아니었다. 펑퍼짐한 몸매와 화장기 없는 얼굴, 고등학교 졸업이 최종학력인 여자. 하지만 지금 이 여자는 마이크에 대고 또박또박 이야기를 하고 있다. 세상에! 어떻게 된 일일까? 아무것도 아닌 저 여자가 어떻게….

전처는 유튜버의 질문에 조근조근 대답을 해나갔다. 가구디자이너가 되기로 결심한 계기는 무엇인지, 가족을 주제로 맞춤제작을 해주는 침대 사업의 전망이 어떤지, 학력 핸디캡과 이혼녀라는 편견은 어떻게 극복했는지까지 담담한 어조를 이어가고 있었다. 남편도 나도 말이 없었다. 흡사 예기치 않은 빌딩풍에 세상이 뿌리째 흔들려버린 양 어리둥절하기만 했다. 도저히 믿을 수가 없었다. 남편 역시 믿지 못하겠다는 듯 같은 영상을 다시 한번 재생했다. 다시 봐도 마찬가지였다. 남편은 조그맣게 혼잣말을 했다.

"작은 침대가 가족을 행복하게 한다고?"

남편의 그 한 마디에 나는 기어이 선을 넘고 말았다.

"저 여자가 하는 말을 믿어? 대학도 안 나온 저런 여자가 뭘 안다고?"

나도 모르게 튀어나온 진한 사투리가 칼끝처럼 날카로웠다. 남편은 어이가 없다는 듯 나를 노려보더니 혀를 찼다. 이 사이로 쯧, 소리를 내고는 방을 나가는 남편의 등 뒤에서 쾅 하고 문이 닫힌다. 남편이 빠져나간 더블킹사이즈 침대의 비어 있는 공간이 끝없이 넓어졌다.

A아파트 58평형 거실

소파 등받이에 몸을 기대고 머리를 최대한 뒤로 젖혔다. 높은 천장 한쪽에서 돌아가고 있는 실링팬 때문인지 샹들리에 아래로 줄줄이 매달린 유리구슬이 미세한 움직임을 멈추지 않는다. 발코니 쪽으로 머리를 돌리자 유리문을 비추며 들어온 햇살이 금이라도 긋듯 빛의 경계를 만들어 놓은 게 보인다. 집안까지 들어오기 조심스럽다는 듯이 끄트머리에만 햇빛이 머무는 거실.

그 너머로 레지던스 동의 인피니티 풀장이 내려다보이고, 그 아래로는 흰 모래사장과 바다가 어우러진 해운대해수욕장이 그림처럼 펼쳐져 있다. 세계적인 휴양지가 된 해운대 바닷가는 일 년 내내 축제를 하듯 들떠 있고, 세련된 외양을 자랑하는 호텔과 카페는 사람으로 넘친다. 그러나 쉴 새 없이 휴양객이 오가는 해안을 내 집 마당처럼 거느리고 있지만 창문을 열지 않는 집 안은 정적만 가득하다.

오늘 아침에는 아이를 유치원에 보낼 수 있었다. 자세히 들여다보지 않으면 모를 정도로 멍이 삭았으니 데리고 있을 이유가 없었다. 유치원에 보내지 않은 사흘 동안 잊고 있다가도 집 어딘가에 아이가 있다는 게 생각나면 괜히 신경질이 나곤 했다. 기껏 시켜준 피자를 깨작깨작 뜯어 먹는 꼴도 보기 싫었고, 남편이 아이의 멍을 볼세라 초저녁부터 방으로 몰아넣고 잠이 들었다며 둘러대는 것도 피곤한 일이었다. 다행히 남편은 이번에도 모르는 채 지나갔지만 내게 아이는 늘 시한폭탄이었다. 아직 서른도 안 된 나이에 애 엄마라니. 어떻게야 저 혹 덩어리로부터 자유로울 수 있을까? 나는 탁자 한쪽에 놓인 머그잔을 들어 꿀꺽 소리를 내며 커피 한 모금을 마셨다.

커피잔을 내려놓는 것과 동시에 스마트폰 벨이 울린다. 벨 소리가 유독 날카롭게 귀를 파고들었다. 이유도 없이 찜찜한 기분이 들어 굼뜨게 발신인을 확인했다. 아이가 다니는 유치원의 담임이었다.

"유은이가 또래들하고 놀지는 않고 책상 밑에 자꾸 숨는데…. 혹시 집에서도 자주 그러나요?"

대답할 말을 찾지 못해 우물쭈물하는 사이 담임의 말이 이어졌다.

"오늘은 땀을 뻘뻘 흘리면서도 책상 밑에서 삼십 분이나 나오지 않아 애를 먹었답니다."

나는 다짜고짜 소리를 질렀다.

"땀을 뻘뻘 흘렸다구요? 유치원에서 에어컨은 안 켜주나요? 비싼 회비 내고 보내놨더니 온도조절도 안 하고 뭐 하는 거야!"

"그게 아니라…. 혹시 집에서 무슨 일이 있었는지 걱정이 돼서…."

담임은 당황한 기색이 역력했지만 뭔가 할 말이 있다

는 듯 말끝을 이으려 했다.

"뭐라구? 애가 말을 못 한다고 유치원에서 생긴 일을 지금 나한테 뒤집어씌우는 거야?"

"아닙니다. 어머니, 절대 그런 건 아니고⋯."

담임의 말이 끝나기도 전에 나는 통화종료 버튼을 눌렀다. 손가락에 힘이 너무 들어가서 그런지 버튼이 제대로 터치되지 않아 몇 번이고 다시 눌러야 했다. 담임의 입을 틀어막기라도 하듯 꾹꾹 눌러대는 사이 전화는 끊겼지만 나는 분을 삭이지 못해 기어이 스마트폰을 바닥에 내동댕이치고 말았다.

A아파트단지 입구

셔틀버스에서 내리는 아이는 오늘따라 유난히 더 작아 보인다. 하차 지도를 하는 선생은, 담임과 나의 실랑이를 아는지 모르는지 여느 때처럼 허리를 숙여 내게 인사를 했다. 아이의 손을 잡고 천천히 버스에서 내리게 한 뒤 나에게 인계하는 동작도 여느 날과 다르지 않았다.

담임의 전화를 끊고 나서 정확히 30분 후에 유치원 원장의 전화를 받았다. 담임이 물정을 몰라 무례를 저질렀다며 용서해달라는 말을 반복했다. 발달심리학전공 부원장이 상주하고 있다는 유치원에 맡기는 대가로 매달 지불하는 돈을 생각하면 원장은 전화가 아니라 무릎을 꿇어야 했다. 하긴 전화기에 매달려 애원하면서 원장은 어쩌면 무릎을 꿇은 채 통화를 했을지도 모른다.

　저를 내려놓고 떠나는 유치원 셔틀버스를 아이는 자꾸 돌아봤다. 내가 아이의 한 손을 잡아끌며 채근해 아파트 단지로 들어서는 동안 멀어져가는 버스를 뒤돌아보느라 몇 번이고 넘어질 듯 걸음이 흐트러졌다. 주위에는 유치원 셔틀버스뿐 아니라 학원 차들이 늘어서서 초등학생들을 부려놓고 있었고, 아이를 데리러 나온 아파트 주민들이 여기저기서 알은체를 하고 있었다. 나는 아이를 잡은 손에 힘을 주며 귀에 대고 말했다.

　"똑바로 안 걸으면 아무도 모르게 죽여버릴 거야."

　우리를 스쳐 가던 사람들의 눈에는 아이스크림 사줄까 하고 속삭이기라도 하는 것처럼 보였을 것이다.

언젠가부터 나는 반달눈을 하고 웃으면서 욕을 하는
일이 화를 내며 욕을 하는 것보다 자연스러워졌다. 아
이는 뒤를 돌아보는 대신 고개를 푹 숙이고 제 발등만
보면서 걸었다.

A아파트 58평형 거실

전자음을 내며 등 뒤에서 현관문이 닫히는 순간 나
는 아이의 뺨부터 후려쳤다. 말도 못하는 병신새끼가
왜 말썽이냐고. 네 엄마란 년은 배우지도 못한 주제에
왜 방송까지 하면서 나대는 거냐고. 뭐? 침대가 좁을수
록 행복해진다고? 더블킹사이즈가 뭔지도 모르는 것
들이 어디서 함부로 지껄이고 있냔 말이야! 사투리와
욕으로 범벅된 말들이 나도 모르게 내 입에서 튀어나
와 온 집안을 헤집고 다녔다.

뺨을 맞은 아이는 얼굴이 휙 돌아가더니 신발장에
가서 쿵 소리를 내며 처박혔다. 머리카락을 움켜잡고
거실 가운데로 끌고 오는 내내 아이는 발을 버둥거리
며 꺽꺽 소리를 냈다. 질질 끌려오던 아이를 거실 바닥

에 내팽개치자 바닥에 얼굴을 찧었다. 앞니가 바닥과 부딪쳤는지 터진 입술을 타고 바로 피가 번졌다. 그 바람에 벽 장식과 톤을 맞춰놓은 아이보리색 양털 러그에 금세 빨간 얼룩이 져버렸다. 저게 얼마짜린데. 정말 꼭지가 돌아버리겠다.

아이는 눈을 꼭 감고 이를 앙다물었다. 빌고 매달리는 대신 견딜 준비를 하는 거였다. 순간 뒷목을 타고 찌르르 쥐가 났다. 어린 게 벌써부터 견디려 들다니…. 침대에서 이를 앙다물고 남편의 거친 숨결을 견뎌내던 내 모습도 지금 이 아이 같았을까? 나도 더는 어쩔 수 없어지는 순간이 또 오고 말았다. 표백제가 스며들 듯 정수리부터 하얗게 비워지며 주파수 높은 소음이 머릿속을 채웠다.

창밖으로부터 흘러들어 오는 네온사인이 거실 끝을 비추고 있었다. 밤이 된 모양이다. 불을 켜지 않은 집안은 정적만 흐르고 있어 시간을 가늠하기가 힘들었다. 나는 바닥에 누운 채 눈을 깜박이다가 오싹 한기를 느낀다. 감히 들어서지 못하고 쭈뼛거리듯 유리문 앞을

서성이는 네온 빛을 보고 있는 동안 서서히 정신이 들었다. 그러다 한순간 심장이 쿵 소리를 내며 내려앉았다. 일어나 불을 켜자 여기저기 어질러진 집안이 눈에 들어왔다. 그리고 소파 아래 펼쳐진 아이보리색 러그 위에 선명하게 물든 붉은 얼룩.

아파트를 휘감았다가 빠져나가는 빌딩풍 한 줄기가 획 하고 지나갔다. 나는 한 걸음 한 걸음 위태롭게 발을 움직이며 아이 방으로 다가갔다. 조심스럽게 문을 열자 이불을 얼굴까지 덮고 있는 아이의 형체가 보였다. 나는 천천히 아이의 침대로 걸음을 옮기면서 심호흡을 했다. 그 몇 걸음을 걷는 시간이 영원처럼 느껴졌다.

손을 덜덜 떨며 이불을 들추었다. 다음 순간 나도 모르게 내 입을 틀어막으며 눈을 질끈 감아버렸다. 가팔라진 호흡을 가다듬고 조심스럽게 눈을 떴다. 붉게 물든 침대 시트가 먼저 눈에 들어오고 그 위에 피범벅이 된 채 누워 있는 아이가 보였다. 침대 아래로 늘어져 있는 팔은 이상한 각도로 휘어져 있어 차마 정면으로 볼 수가 없었다. 나는 아까보다 더 심하게 손을 떨면서 아이의 이마를 만져보았다. 손바닥을 타고 싸늘한 감촉이 전해졌다.

A아파트 58평형 발코니

나는 발코니 유리문에 붙어 서서 하염없이 아래를 내려다보고 있다. 조명을 두른 채 바다를 가로지르는 광안대교가 시커먼 어둠을 배경으로 망망하게 떠 있다. 발밑으로는 어둠에 잠긴 바다가 놓여 있고 검은 바다 가장자리로 쉴 새 없이 파도가 밀려오고 있었다. 밀려오는 파도는 층층이 레이스를 단 웨딩드레스를 연상시킨다. 화려하게 일어나 물을 밀어낸 파도는 이내 흔적도 없이 사라지고, 사라진 흔적을 지우며 또다시 밀려오기를 반복했다. 볼을 타고 눈물 한 방울이 흘러내린다. 소리를 내며 울고 싶지만 참아야 할 것 같았다. 원하는 것을 얻기 위해 나는 늘 참아야 했으니까.

밤이 늦도록 엄마가 돌아오지 않는 집에서 혼자 엎드려 책을 읽던 시절, 학교에 가면 나는 짝이 없어 늘 혼자 앉아 있었다. 소아빈혈이 있던 내가 쓰러졌다는 말에 엄마가 학교로 달려와 나를 둘러업고 병원으로 간 이후부터였다. 난전에서 생선을 팔던 차림 그대로 뛰어와 나를 데리고 나가는 사이 교실 가득 비린내가 퍼졌고, 그다음부터 학교 아이들은 내가 보일 때마다 한 손으로 코를 붙잡으며 냄새난다는 시늉을 했다. 초등학교를 졸업할 때까지 놀림은 멈추지 않았다. 나는 짝이 없어도 괜찮다는 걸 보여주기 위해 늘 공부를 했다. 놀림을 참아내는 방법으로 나쁘지는 않았다.

초등학교 이후에도 나는 친구를 만들기보다 공부를 택했다. 난방이 되지 않는 반지하 방에 고드름처럼 앉아 추위를 견디며 수학 문제를 풀다 보면 이대로 얼어서 미라가 되어버리는 건 아닐까 싶을 때가 많았다. 그럴 때마다 이렇게 고비를 참고 넘기는 만큼 인생이 나아질 거라 생각했다. 유일한 혈육이던 엄마는 공부 열심히 하라는 말 외에 다른 말을 하는 일이 없었고, 그래서 나는 공부 외에 다른 방법을 알지 못했다. 하지만 공부를 잘한다 해서 인생이 달라지지는 않았다. 도시 최고의 국립대학을 들어갔지만 장학금만으로 대학을 다니려 했던 게 얼마나 무모한가를 깨닫는 데에는 한

학기면 충분했다. 평일알바와 주말알바 사이, 과로와 고독 사이, 휴학과 복학 사이를 오가는 동안 내가 갖지 못한 것들을 참아내며 사는 게 지긋지긋해 영혼을 사 줄 악마를 기다렸다.

그러다 남편이라는 동아줄을 발견하면서 더 이상 참지 않고 살 수 있는 길을 찾아낸 것 같았다. 여전히 참아야 할 게 있겠지만 사소한 것에 불과할 거라고 생각했다. 담배에 쩐 남편의 입 냄새와 셔츠 단추 사이로 비어져 나오는 뱃살, 그리고 유행어를 알아듣지 못하는 세대 차이만 견디면 다 될 줄 알았다. 그런데 말을 하지 않는 것으로 나를 밀어내는 전처의 아이를 인내해야 한다는 건 알지 못했다. 입을 꽉 닫은 채 나의 손찌검을 견디고 있는 아이를 보면 내가 더 견딜 수 없어져 버린다는 걸 알았어야 했다. 내 영혼을 산 악마와 나는 최악의 거래를 했던 것이다.

또 한 방울의 눈물이 떨어진다. 나는 손을 들어 턱을 타고 내리는 눈물을 닦았다. 한 번 눈물을 닦아내자 걷잡을 수 없는 울음이 터져 나왔다. 나는 발코니 유리문에 붙어 서서 두 손바닥으로 얼굴을 가리고 울었다. 도대체 어쩌다 여기까지 와버린 걸까? 이제 나는 어떻게 되는 걸까? 울어도 울어도 눈물이 멈추지 않았다.

한참을 울다 보니 뭔가 바닥에 떨어진다. 손톱에 붙어 있던 네일스톤이었다. 보석의 이름으로 불리고 있지만 플라스틱 조각에 지나지 않는 루비. 바닥에 떨어진 빨간 플라스틱 조각을 보는 순간, 무너지듯 발코니 바닥에 주저앉아 버린다.

내려다보이는 까마득한 저 아래로 웨딩드레스 자락처럼 화려하게 일어난 파도가 흔적 없이 사라지고 있었다.

펭귄의 이웃들

'허들링'을 어떻게 쓰는지 가르쳐달라고
해야겠다. 하지만 그것보다 먼저, 동그랗게
모여서 허들링을 하는 펭귄들처럼 누군가 엄마와
나에게도 따뜻한 안쪽 자리를 한 번쯤 양보해주면
참 좋겠다.

펭귄은 참 춥겠다.

노란 주둥이를 양옆으로 흔들어가며 펭귄들이 한 마리씩 앞의 펭귄과 자리를 바꾸고 있다. 동그랗게 원을 그리며 겹겹이 모여 있는 펭귄들은 자꾸만 서로 자리를 바꾼다. 암컷 펭귄과 수컷 펭귄이 번갈아가며 알을 품기 위해 뒤뚱거리는 모습이 재밌어 보인다. 뒤뚱뒤뚱 걸어와 차례로 품어주는 엄마와 아빠를 보며 새끼 펭귄은 알 속에서 만날 재미나게 웃고 있을 것 같다. 엄마와 아빠가 보고 싶어서 얼른 껍질을 깨고 나오고 싶을지도 모르겠다. 하지만 하얗고 커다란 눈덩어리만 끝없이 펼쳐져 있는 저런 곳에서 집도, 이불도 없이 산다는 건 정말 춥겠다. 티브이 화면 가득 보이는 거라곤 펭귄과 눈덩어리밖에 없다.

아나운서는 거기가 남극이라고 했다. 남극에서 펭귄들은 자꾸만 자리를 바꾸고 있다. 나는 스케치북을 펼치고 '나' 밑에 'ㅁ'을 쓴다. '남'이 됐다. 그리고 '그' 밑에 'ㄱ'을 써서 '남극'을 완성한다.

아나운서는 계속해서 허들링이라는 말을 하고 있다. 동그랗게 가운데를 비워두고 겹겹이 서서, 바람을 맞는 바깥쪽 펭귄과 바람을 피할 수 있는 안쪽 펭귄이 서로 자리를 바꾸는 게 허들링이라고 얘기해준다. 허들링을 하면서 펭귄들은 추위를 이겨낸다는데 그렇게 하면 정말 춥지 않을까? 나는 조그만 소리로 허들링이라고 말해본다.

스케치북에 '허'자를 쓰고 그 옆에 'ㄷ'과 'ㅡ'를 세로로 붙여 쓴다. 그리고 그 아래 'ㄹ'을 붙여 '들'을 완성한다. 'ㄹ'을 한 번 더 쓰고 그 옆에 'ㅣ'자를 붙인다. 여기까지는 쉽다. 하지만 그다음은 어떻게 써야 하는지 모르겠다. 받침을 어떻게 쓰는지는 아직 다 못 배웠다.

'링' 소리가 나는 글자의 받침은 어떤 걸 써야 하는지
아무도 가르쳐준 적이 없다.

엄마는 내게 받침글자를 가르쳐주다가 말았다. '로
봇'이라는 글자를 배울 때, 받침이 들어갈 자리에 'ㅅ'
대신 'ㄷ'을 적었다고 벽으로 끌고 가 내 머리를 박은
후부터는 한글을 가르쳐주지 않았다. 어린이집 선생님
이 받침글자는 여름방학이 지나고 나면 가르쳐준다고
했는데 나는 여름방학이 끝나고 겨울이 되도록 어린이
집에 가지 못했다. 같이 어린이집에 다녔던 친구들은
지금쯤 학교에 입학했을까?

'허들리'라고 적힌 스케치북을 내려다보다가 나는 드
러누워 버린다. 방바닥 한쪽에 누워 있는 엄마가 몹시
추워 보였다. 엄마는 오늘도 일어나지 않을 모양이다.
엄마도 일어나서 나와 자리를 바꾸면서 허들링을 하면
춥지 않을지도 모르는데 저렇게 잠만 자고 있다. 나는
엄마에게 이불을 여며주고 잠든 얼굴을 들여다본다.
이마의 멍이 더 시퍼런 색으로 변해 있다. 아파 보였다.
얼마나 아프면 저렇게 잠만 자는 걸까. 나는 천천히 일
어나 수건을 물에 적셨다. 열이 나고 아플 때, 엄마가

내 이마에 물수건을 올려주던 게 생각났기 때문이다. 물기를 꽉 짜야 물이 흘러 베개를 적시지 않을 것 같아 두 손으로 힘껏 비틀어 수건을 짰다.

엄마가 내 이마에 물수건을 올려주며 얼굴을 쓸어주던 때도 있었다. 나는 어린이집에 다니고, 엄마는 생선을 구워 저녁상을 차리고, 아빠는 생선을 발라 내 밥위에 놓아주던 그런 때. 그때 엄마는 방문 앞에 '한글학습판'을 붙여놓고 내게 글자를 가르쳤다. 가끔은 낱말카드 놀이를 하거나 끝말잇기를 하며 글자를 가르쳐주기도 했다. 하지만 어느 날인가부터 엄마는 낱말카드나 끝말잇기 놀이 대신 욕을 했다.

"개새끼, 시팔새끼, 졸라 치사한 새끼…."

아침부터 밤까지 아무 말도 하지 않고 있다가 느닷없이 욕을 하는 날도 있었다. 그런 날이면 나는 되도록 엄마 눈에 띄지 않으려고 구석에 가만히 앉아 있었다. 방의 한쪽 구석에 엎드려 스케치북에 그림을 그리거나 한글을 따라 썼다. 학교 갈 나이가 되었으니 한글을 떼야 할 것 같아서 방문에 붙어 있는 학습판의 글자들을 읽었다. 소리 내지 않고 입술만 달싹이며 읽고 나서는 따라 써보기도 했다. 하지만 받침이 있는 글자들은 어떻게 읽는지 모르는 게 많았다. ㄱ, ㄴ, ㄷ, ㄹ, ㅁ까지는 받침이 되었을 때 어떻게 읽는지 알겠는데 그다음부터는 어려웠다. 받침글자에 어떨 때 'ㄷ'이 들어가고 어떨 때 'ㅅ'이 들어가는지, 엄마에게 물어보고 싶었다. 하지만 종일 욕을 중얼거리고 있는 엄마에게 말을 걸었다가는 또 그릇을 집어던지거나 벽에다 내 머리를 찧을까 봐 겁이 났다.

아빠가 오지 않는 날이 많아지면서 엄마가 나를 때리는 날도 많아졌다. 아빠를 닮아 짜증 난다느니, 생선 눈알만 빼서 처먹는 것까지 똑같다느니, 커서 아빠처럼 무책임한 남자가 되느니 미리 죽으라며 내 목을 조르기도 했다. 목이 졸려 점점 힘이 빠지면서 아무 생각도 떠오르지 않을 때쯤 엄마가 잘못했다며 나를 끌어안고 울었다. 캑캑거리며 오래 기침을 하다가 겨우 정신을 차리고 엄마의 눈물을 닦아주었다. 내 목을 조르거나 벽으로 끌고 가 머리를 박더라도 엄마 가슴에 내 얼굴을 파묻을 수 있어서 좋았다. 오래 씻지 않은 엄마에게서 지린내 같은 게 났지만, 언제까지고 엄마 가슴에 얼굴을 댄 채 있고 싶었다.

엄마의 이마에 물수건을 올려놓고 티브이를 껐다. 노란 주둥이를 흔들며 자꾸 자리를 바꾸던 펭귄들이 사라지면서 방 안이 확 어두워진다. 엄마는 반지하에는 해가 빨리 지니까 뭐든 빨리빨리 하라고 했다. 겨울에는 해가 더 빨리 진다며 다른 집보다 잠도 빨리 자야 한다고 했다. 그러니까 우리 집은 반지하가 아닌 집이나 겨울이 아닐 때보다 훨씬 해가 빨리 진다. 다른 집 사람들보다 두 배로 빨리하지 않으면 안 된다. 하지만 나는 뭔가 빨리하기는 해야겠는데 도대체 뭘 해야 하는지는 알 수가 없다. 티브이 소리마저 들리지 않는 어둑한 방 안에서 엄마는 자고 있고, 해는 빨리 지고, 뭘 해야 할지는 알 수 없지만 빨리해야 한다는 생각만 하면서 누워 있는 일밖에 할 게 없다.

나는 살며시 일어나 오줌을 눈다. 변기 물이 내려가는 소리와 동시에 배에서 꼬르륵 소리가 난다. 아까보다 더 배가 고프다. 엄마는 아직도 잠만 자고 있다. 나는 깊이 잠든 엄마를 물끄러미 쳐다보다가 싱크대 위에 놓여 있는 엄마의 지갑을 연다. 만 원짜리 하나와 천 원짜리 세 장이 남아 있다. 지갑 안쪽의 지퍼를 열자 동전도 몇 개 보인다. 어제 아침, 편의점에 가서 핫도그와 콜라를 사 먹고 거슬러 받은 동전이다. 허락 없이 지갑에서 돈을 꺼내는 건 나쁜 일이지만 엄마가 계속 일어나지 않으니 어쩔 수 없었다. 다행히 엄마는 아직도 내가 돈을 꺼내 간 걸 모르는 것 같다. 나중에 목이 홱 돌아가도록 뺨을 때리거나 내 가슴을 발로 차더라도 할 수 없다. 나는 천 원짜리 세 장을 꺼내 들고 집을 나선다.

택시가 바로 앞에서 끼익 소리를 내며 선다. 신호등은 아직 파란불이 깜박거리고 있는데 택시는 횡단보도로 달려들었다. 기사아저씨는 차 밖으로 고개를 내밀더니 다짜고짜 나에게 소리를 질렀다.

"좆만 한 새끼가 왜 한밤중에 돌아다녀!"

잘못한 건 택시아저씬데 왜 내가 야단을 맞아야 하는지 모르겠다. 아무리 생각해도 세상은 점점 알 수가 없어져 간다. 잘못하는 건 어른들인데, 왜 늘 내가 혼이 날까? 엄마와 아빠가 물건을 던지면서 싸우다가 아빠가 집을 나가버렸을 때도 엄마에게 혼이 나는 건 나였다.

"너 때문이야. 너만 들어서지 않았어도 저 인간과 결혼 같은 건 하지 않았을 거야. 너만 아니었어도 내가 이렇게 살지는 않는단 말이야!"

엄마는 소리를 지르며 내 가슴을 발로 찼다. 엉덩이를 바닥에 찧으며 나는 잘못했다고 빌었다. 엄마가 머리를 헝클어가며 너 때문이라고 자꾸만 소리를 질렀다. 나는 뭘 잘못했는지도 모르면서 두 손을 비벼가며 자꾸만 잘못했다고 빌었다. 사진틀이나 시계 따위를 한참이나 더 집어던지더니 엄마는 이마를 벽에다 콱콱 찧어댔다. 엄마의 이마에서 피 한 줄기가 흘러 뺨을 타고 내렸다. 나는 무서워서 더 큰소리로 빌었다.

"엄마, 잘못했어요. 제발 용서해주세요."

엄마는 울며 매달리는 나를 밀어내고 계속 벽에 머리를 찧어댔다. 그러다 와락 나를 안고 또 서럽게 울었다. 어깨를 들썩여가며 우는 엄마 품에 안겨서 내가 뭘 잘못했는지, 뭘 용서받아야 할지 생각해봤지만 알 수가 없었다.

택시가 매연을 내뿜으며 지나가자 신호등이 다시 빨간불로 바뀐다. 신호를 기다리던 차들이 내 바로 앞으로 쌩하고 지나간다. 반지하에 살지 않아도 빨리해야 하는 일들은 많은가 보다. 저 차를 타고 가는 사람들은 다 어디에서 누구와 살까?

길을 건너 편의점으로 들어갔다. 편의점의 알바형은 내가 들어가도 알은체를 하지 않는다. 어쩌면 내가 점점 보이지 않게 되어가는 건 아닐까 싶다. 엄마도 알바형도 내게 말을 걸지 않는 건, 밥을 제대로 먹지 않아 키가 자라지 않아서 잘 안 보여 그런지도 모르겠다.

어린이집 선생님은 편식하면 키가 자라지 않는다고 했다. 나는 그래서 다른 아이들이 싫어하는 시금치나 당근도 남김없이 먹었다. 온종일 벽에 이마를 찧어대던 엄마가 해가 지고 한참이 지나 끓여주는 라면도 먹었다. 인스턴트 음식은 나쁘다고 했지만, 엄마가 주는 음식은 뭐든 잘 먹어야 한다는 선생님 말씀도 들어야 할 것 같았다. 어쩌다 한 번씩 엄마와 마트에 가면 사다 놓는 과자도 먹었다. 엄마가 벽에 이마를 찧다가 라면도 끓이지 않고 잠이 들어버리면, 과자 봉지를 조심스럽게 뜯어서 초코칩쿠키나 감자스낵을 하나씩 집어 먹었다. 한번 잠이 들면 오래 일어나지 않는 엄마가 깨지 않도록 소리를 내지 않으려고 조심했다. 부스러기를 흘리지 않으려고 천천히 오래 씹었다.

편의점에는 먹을 게 정말 많다. 햄버거, 핫도그, 삼각김밥, 어묵, 그리고 참치샌드위치…. 나는 참치샐러드가 들어간 샌드위치를 좋아한다. 고소한 참치와 향긋한 마요네즈를 부드러운 식빵과 함께 먹다 보면 기분이 좋아진다. 하지만 나는 샌드위치가 놓여 있는 냉장진열대를 그냥 지나쳐서 컵라면을 집어 든다.

컵라면 하나를 계산대에 놓자 알바형은 말없이 바코드를 찍었다. 나도 아무 말 없이 돈을 내밀고 동전을 거슬러 받았다. 알바형은 귀찮으니 얼른 계산이나 하고 비키라는 듯 바코드를 계산대에 탁 소리가 나게 얹고는 스마트폰만 들여다본다. 키 작은 나를 위해 온수를 대신 받아주거나 뜨거우니 조심하라는 말이라도 하길 바랐지만 알바형은 끝내 나와 눈도 맞추지 않았다. 나는 컵라면을 뜯어 편의점 한쪽의 온수통에서 뜨거운

물을 받았다.

　물이 가득한 컵라면을 간이테이블에 올려놓고 편의점의 높은 의자에 앉아 바깥을 내다본다. 커다란 유리밖으로 조금 전에 내가 건너온 횡단보도가 보인다. 아까 횡단보도로 달려들었던 택시는 어디로 갔을까? 그 택시 기사 아저씨에게도 아이가 있을까? 그 아이는 저녁으로 뭘 먹었을까?

　면발이 물에 불어 부드러워지기를 기다리며 횡단보도를 보고 있는 사이 편의점 문이 열리며 왁자하게 떠드는 소리가 들린다. 저 아래 버스 정류장 옆에 있는 중학교 교복을 입은 형들이다. 형들은 핫도그와 삼각김밥, 샌드위치 같은 걸 들고 내 옆자리에 앉았다.

　"수학새끼, 졸라 열받네. 요즘 생리하나 봐."

　"마, 남자새끼가 어캐 생리를 해?"

　키가 큰 형이 삼각김밥을 먹고 있는 형의 뒤통수를 치며 말했다.

　"그 씹새끼는 생리도 안 하면서 내 폰은 왜 압수하고 지랄이냐구?"

형들은 말끝마다 욕이었다. 나는 컵라면을 먹다 말고 빤히 쳐다봤다. 한참을 보고 있었더니 형들이 말을 뚝 멈추고 나를 내려다봤다.

"형, 왜 그렇게 욕을 해요? 어린이집 선생님이 욕하면 입이 못생겨진다고 하셨는데…."

형들은 동시에 서로를 쳐다보더니 와, 웃음을 터트렸다.

"이 녀석, 조그만 게 졸라 귀엽네. 근데 왜 이 밤중에 여기서 컵라면을 먹는 거냐? 요즘은 유치원생도 가출하냐?"

나는 기분이 팍 나빠졌다. 가출이 뭔지는 나도 안다. 아빠가 오래 집에 들어오지 않는 게 가출이고, 엄마가 나를 낳은 것도 가출 때문이라고 했다. 아무도 가르쳐 주지 않았지만 가출 때문에 엄마와 아빠가 나를 만들기도 하고 버리기도 했다는 걸 알고 있다.

그런데 그것보다 더 나를 기분 나쁘게 만든 건 나를 유치원생이라고 한 말이다. 작년 설날, 엄마는 이제 곧 학교에 들어갈 거니까 의젓해져야 한다고 말했다. 그래서 혼자 목욕도 잘하고 한글 공부도 한다. 하지만 나는 아직 학교에 입학을 하지 않았다. 학교는 언제 가게 되냐고 엄마에게 물어보고 싶지만 그랬다가는 같이 죽어버리자며 또 목을 조를까 봐 한 번도 물어보지는 않았다. 어쩌면 이번 설날이 지나고 나면 학교에 다닐 수 있을지도 모른다. 그러니 혼자서라도 한글 공부를 열심히 해둬야 한다.

형들은 들어올 때보다 더 시끄럽게 편의점을 나갔다. 열나, 졸라, 시팔…. 떠들며 편의점 문을 밀고 나간 형들이 있던 간이테이블 위에, 삼각김밥 포장지며 빈 음료수 캔, 한입을 베어 먹고 버린 샌드위치가 어질러져 있다. 입을 열 때마다 욕이 튀어나왔지만 형들이 좀 더 있다가 가줬으면 싶었다. 잠만 자는 엄마 외에 사람을 만나는 일도, 나에게 말을 걸어주는 사람도 너무 오랜만이었다.

나는 베어 먹은 잇자국이 그대로 있는 샌드위치를 포장지에 도로 싸서 주머니에 넣었다. 알바형이 볼까 봐 잽싸게 챙겨 넣고는 계산대 쪽을 살폈지만 형은 여전히 고개를 처박고 스마트폰만 들여다보고 있다.

컵라면 국물을 후루룩 다 마시고 편의점을 나오면서

알바형에게 고개를 숙여 인사를 했다. 여전히 알은체하지 않는다. 서운한 마음에 얼른 문을 밀고 나오려다 문득 엄마도 배가 고플 거라는 생각이 들었다. 아직 천 원짜리 두 장이 남아 있는데 엄마가 좋아하는 카스텔라를 사 갈까 싶어 진열대를 돌아봤다. 연한 초콜릿색의 카스텔라들이 옹기종기 쌓여 있다.

나는 반쯤 열었던 유리문을 도로 닫고 진열대로 갔다. 유통기한을 확인하고 카스텔라를 집어 드는 순간, 옆에 놓여 있는 '꿈트리'가 보인다. 아빠가 가출하기 전 엄마와 셋이서 놀이동산에 가서 지렁이 모양 꿈트리 한 마리씩을 물고 사진을 찍었던 기억이 난다. 아빠는 초록색 지렁이를 물고 엄마는 빨간색 지렁이를 물었다. 그리고 나는 노란색 지렁이 두 마리를 물고 손가락으로 V를 만들며 사진을 찍었다. 지금 그 사진은 어디에 있는 걸까? 엄마가 생선을 굽고 아빠가 생선살을 발라주던 그때는 식탁 한쪽의 사진틀 안에 있었는데….

나도 모르게 꿈트리를 집어 들었다. 카스텔라와 꿈트리, 둘 다 사고 싶었지만 이천 원으로 다 살 수는 없

다. 나는 카스텔라를 진열대에 슬그머니 도로 올려놓
았다. 엄마에게는 미안했지만 나는 꿈트리가 먹고 싶
다. 꿈트리를 먹으면 엄마, 아빠와 함께 사진을 찍던
때로 돌아갈 수 있을 것만 같았다.

꿈트리를 손에 들고 집으로 향해 가는 골목길이 멀
고 어두웠다.

가지, 나비, 다리미, 라디오…. 방문에 붙은 한글 학
습판의 글자들을 따라 써본다. 학습판에서 옆으로 나
란히 있는 글자들은 받침이 없어 쉽다. 고구마, 노래,
도미노… 벌써 몇 번이나 써본 글자들이다. 하지만 학
습판에서 아래로 내려갈수록 어려워진다. 감, 낙지, 다
람쥐, 로봇…. 받침이 있는 글자들은 가르쳐주는 사람
이 없으니 공부를 하고 싶어도 할 수가 없다. 'ㄱ', 'ㄴ',
'ㄷ', 'ㄹ', 'ㅁ'까지의 받침은 엄마에게 배워서 안다. 하
지만 다른 받침글자는 어떨 때 쓰는지 알 수가 없다.

엎드려서 한참 글자를 쓰고 있었더니 눈도 아프고
어지럽다. 귀에서 윙 소리가 나는 것 같기도 하다. 나
는 스케치북을 덮고 엄마 옆으로 가 눕는다. 엄마는 어

제 잠든 모습 그대로 아직도 자고 있다. 이마 위의 멍은 이제 눈썹까지 번져 있다. 푸르다기보다는 검은색에 가까운 멍이 자꾸만 커져 가고 있다. 나는 엄마에게 또 물수건을 올려줄까 하다가 그만둔다. 물수건만으로 나을 것 같지는 않다. 쓸데없이 물수건만 자꾸 덮어 준다고 엄마가 벌떡 일어나서 화를 낼지도 모른다. 사실은 배가 고파서 일어나기도 싫다. 하지만 아무래도 일어나야 할 것 같다. 반지하의 방에서는 뭐든 빨리 해야 하니까.

나는 느릿느릿 일어나 앉는다. 일어서는 순간 또 귀에서 윙 소리가 나면서 눈앞이 어질하다. 나는 눈을 비벼가며 냉장고 문을 열었다. 어젯밤 편의점에서 가져온 샌드위치가 보인다. 중학생 형들이 베어 먹다 두고 간 샌드위치를 보자 왈칵 반가운 마음이 들었다. 허겁지겁 샌드위치를 씹어 먹자 딸꾹질이 난다. 가슴을 치면서 수돗물을 한 컵 받아 마신다. 가슴에 얹혀 있던 샌드위치가 조금씩 아래로 내려가는 것 같다.

샌드위치는 어떻게 쓰면 될까? '새' 밑에 'ㄴ'받침을 쓰면 되는지, '세' 밑에 'ㄴ'받침을 써야 하는지 잘 모르겠다. 투명한 비닐로 된 포장지는 영어가 쓰여 있어 알수가 없다. 학교에 가려면 한글을 떼야 하는데 샌드위치도 쓸 줄 모른다고 왕따가 되는 건 아닐까? 공부를 못한다고 친구들에게 놀림 받을 생각을 하자 눈물이 난다. 어린이집에 같이 다녔던 친구들은 벌써 학교에 가서 더 어려운 공부도 척척 하고 있을 텐데, 나는 아직 한글도 제대로 모르고 있다는 게 너무 한심하다.

엄마가 그랬다. 아빠가 떠난 건 엄마가 공부를 못해서라고. 공부를 못해 엄마는 가출을 했고, 가출을 해서 아빠를 만났고, 아빠를 만나서 나를 낳았다고. 너무 어린 나이에 나를 낳아서 불행해졌고, 불행해져서 아빠가 떠났고, 아빠가 떠나서 엄마는 더 불행해진 거라고. 그러니까 공부를 못하면 불행해지는 거였다. 엄마는 지금 너무 불행해서 잠만 자는 것일까?

나는 엄마의 얼굴을 한참 들여다본다. 잠든 엄마 얼굴은 불쌍해 보인다. 불행하다는 게 불쌍한 것인지도 모르겠다. 나는 엄마 옆에 살며시 눕는다. 벽에 대고 내 머리를 박거나 목을 조르더라도 엄마가 제발 일어났으면 좋겠다. 하지만 엄마는 잠만 자고 있고, 겨울의 반지하 방에서 나는 아무 할 일이 없다.

자꾸 벨소리가 들린다. 처음에는 누워 있다 일어날 때마다 귀에서 나는 윙 하는 소리인 줄 알았는데, 벨소리였다. 어느새 나도 잠이 들었던 모양이다. 그러고 보니 벨소리는 아까부터 계속해서 울리고 있었나 보다. 나는 벌떡 몸을 일으켰다. 우리 집에 누군가 찾아와 벨을 울린다는 게 신기했다. 누군지는 모르지만 반가운 마음부터 든다. 하지만 지금 나가면 안 된다. 엄마는 아무에게도 문을 열어주지 말라고 했다. 부모님 계시냐고 물으면 없다고 하고, 언제 돌아오냐고 물어도 모른다고 해야 한다고 몇 번이나 말했다.

언젠가부터 낯선 아저씨들이 벨을 누르고 현관문을 쾅쾅 두드릴 때면 엄마는 내 입을 틀어막으면서 가만히 있으라고 했다. 이따금 손을 부들부들 떨어가며 엄마가 전화를 받고 나면 아저씨들이 들이닥치기 일쑤였고, 그때마다 나는 아무 소리도 내지 않고 벽에 몸을 기대고 가만히 앉아 있었다.

"사채를 썼으면 갚아야 할 거 아니야!"

온 동네 사람들이 다 들으라는 듯 큰 소리를 질러
대는 아저씨들은 발로 현관문을 찼다. 다시 오는 날
은 제삿날이 될 거라며 탁, 소리가 나도록 가래를 뱉
고 저벅저벅 발소리를 내며 아저씨들이 가고 나면 엄
마는 이마를 벽에 찧어대기 시작했다. 그러다 내 목을
조르거나 물건들을 집어 던지면서 같이 죽자고 소리
를 질렀다.

이불을 머리끝까지 끌어올리고 숨을 죽이고 있는 사
이 벨소리가 멎었다. 문을 발로 차지도 않고 동네 사람
들 다 들으라는 듯 소리를 질러대지도 않는다. 나는 살
며시 이불을 들치고 일어나 현관문 쪽으로 기어갔다.
현관문에 귀를 대자 두런두런 말소리가 들려온다. 윗
집 할머니의 목소리도 들리고 웬 아줌마의 목소리도
들린다.

아줌마는 미취학 아동이니, 전수조사니, 하는 말과
함께 아동학대 현장조사 따위의 말들을 했다.

"글쎄, 저 집에 사는 사람들, 요즘 통 안 보이더라니
까 그러네. 죽었는지 살았는지 내가 알게 뭐유?"

우리 집을 보면서 말을 하고 있는지 할머니의 목소

리가 또렷하게 들려왔다. 아줌마는 한참이나 아까처럼 어려운 말을 늘어놓더니, 저 집 사람들 오면 꼭 알려달라는 말을 남기고는 가버린다. 또각또각 구두소리가 점점 사라지는 걸 듣고 있으려니 눈물이 났다. 엄마와 내가 여기 있다는 걸 모르더라도 아줌마가 조금만 더 있다가 가줬으면 싶었다. 하지만 구두소리는 조금도 망설이지 않고 멀어져 갔다.

"나 살기도 바쁜데, 남의 집 애가 학교를 왜 안 가는지 내가 알게 뭐람."

할머니는 젊은 년이 말귀를 못 알아듣는다며 투덜대면서 위층 문을 쾅 닫고 들어가 버렸다. 젊은 아줌마가 가고 나서 할머니가 들어간 뒤에도 한참이 지나도록 나는 현관문에 귀를 대고 있었다. 눈물이 뺨을 타고 내리자 얼굴이 시렸다. 시린 느낌과 함께 자꾸 슬퍼졌다. 겨울의 반지하 방에서는 뭐든 빨리해야 하는데 뭘 해야 할지는 여전히 알 수가 없었다. 다만, 누군가 우리 집을 쳐다보며 이야기를 해주었다는 것만으로도 고마워서 자꾸 눈물이 났다.

횡단보도의 신호등이 파란색으로 바뀐다. 나는 고개를 돌려가며 좌우를 살피고 길을 건넌다. 돈을 쥔 손에 자꾸 힘이 들어갔다. 엄마 지갑에 남아 있던 만 원짜리 한 장을 기어이 들고나왔다. 잃어버리면 안 되는데 또 어디선가 차가 달려와 급정거를 하면 넘어져 돈을 놓칠까 봐 겁이 난다. 저만큼 보이는 편의점까지 걸어가는 동안 휘청 꺾이는 다리에 힘을 주며 조심스럽게 횡단보도를 건넜다.

힘겹게 유리문을 밀고 들어가도 알바형은 여전히 내게 말을 걸지 않는다. 핫도그나 컵라면을 집어 와 계산대에 올리면 바코드를 찍고는 탁 소리를 내면서 내려놓을 게 뻔하다. 이제 나도 알바형이 알은체해주기를 바라지 않는다.

편의점 간이테이블에 올려놓은 컵라면을 두 손으로 감싸 쥐고 있으면 손이 따뜻해져서 좋다. 면이 불기를 기다리며 라면 냄새를 맡고 있는 것도 좋다. 나는 가만히 컵라면을 감싸 쥐고 '컵라면'은 어떻게 쓰는지 생각해본다. '커' 밑에 어떤 받침을 써야 하는지 모르겠다. 컵라면을 아무리 살펴봐도 '컵'자는 안 보인다. 숫자도 아니고 영어도 아닌 이상한 글자만 '라면' 앞에 쓰여 있다. 알바형에게 물어보고 싶지만 가르쳐주지 않을 것 같아 그만둔다. 하지만 갑자기 궁금해진다. 저 형은 하루 종일 커다란 유리로 둘러싸인 편의점 안에 있으면서 무얼 먹을까? 알바형은 내가 샌드위치를 좋아하지만 번번이 더 싼 컵라면을 사 먹게 된다는 걸 알까? 혹시 저 형도 그럴까?

라면을 건져 먹으며 편의점 유리 밖으로 오가는 차들을 보면서도 궁금한 게 많은 건 마찬가지다. 다들 어디를 향해 저렇게 달려가는 걸까? 저 사람들은 누구와 살까? 그 집에도 학교에 들어갈 아이가 있을까? 그 아이들은 한글을 누구에게서 배우는 걸까?

횡단보도에 파란불이 들어오자 버스정류장 옆의 중학교 교복을 입은 형들이 우루루 길을 건너는 게 보인다. 얼마 전에 만났던 형들이 혹시 편의점 안으로 들어오지나 않을까 싶어 유리문 쪽을 쳐다봤지만 문은 열리지 않는다. 폰 속으로 들어갈 듯 고개를 처박고 있는 알바형의 옆얼굴만 보일 뿐이다.

중학생 형들을 다시 만났으면 좋겠다. 열나, 졸라, 씨

팔, 욕을 하더라도 나를 쳐다보며 말을 걸어주었으면 싶다. 그 형들을 다시 만나더라도 한 입 먹고 버리고 간 샌드위치 얘기는 안 할 거다. 거지처럼 버린 걸 주워 먹었다고 흉볼 게 뻔하다. 하지만 '샌드위치'를 어떻게 쓰는지 물어보면 친절하게 가르쳐줄지도 모른다. 그 형들을 다시 만난다면 '허들링'을 어떻게 쓰는지도 꼭 물어봐야겠다.

어느새 컵라면을 다 먹어버렸다. 컵라면을 먹는 사이 편의점 유리 밖이 어두워지기 시작했다. 빠르게 지나다니는 자동차 너머로 간판의 불빛들이 켜지고 있다. 나는 조그만 소리로 불이 켜진 간판의 글자들을 읽어본다. 세탁소, 편의점, 과일가게, 문구점…. 받침이 있는 글자들도 잘 읽힌다. 방문에 붙어 있는 학습판의 글자들을 보면서 혼자 연습하길 잘했다. 이제 학교에 가도 될 것 같다. 갑자기 키가 쑥 크는 기분이다.

빈 컵라면 용기를 쓰레기통에 버리고 편의점을 나서려는데, 카스텔라가 눈에 띈다. 엄마는 아직도 아무것도 먹지 않고 잠만 자고 있는데, 나만 배를 채우려니 미안한 마음이 든다. 나는 진열대로 가서 카스텔라를 집어 든다. 그 옆의 꿈트리도 사고 싶지만 망설이지 않고 카스텔라를 들고 계산대로 간다. 알바형은 여전히 눈을 맞추지 않고 바코드를 찍는다. 나는 안녕히 계세요, 하고 공손히 인사를 했다. 이제 나는 웬만한 글자는 혼자 읽을 줄도 알고, 곧 학교도 갈 테니 인사를 잘해야 하는 건 당연하다. 알바형이 아무 대꾸 없이 바코드를 소리 나게 내려놓는데도 하나도 서운하지 않았다.

　어두워진 골목길로 접어들자 쩌렁쩌렁 웬 아저씨의 고함 소리가 들린다.

　"겁 없이 사채를 쓸 때는 언제고 이제 와서 오리발이야! 돈이 없으면 신장을 도려내 주든지 눈알이라도 뽑아 줘야 한다고 각서 쓴 거 잊었어? 어린년이 혼자 애새끼 키우는 거 불쌍해서 좀 봐줬더니 이게 우릴 핫바지 취급을 하네!"

　아저씨는 반지하로 내려가는 계단 위에 서서 소리를 질러대고 있었다. 어찌나 목소리가 큰지 집이 쩍쩍 갈라질 것만 같았다. 나는 뒷걸음을 치며 골목길 담벼락에 몸을 붙였다. 가로등 불빛에 드러나지 않게 최대한 몸을 웅크린 채 집 쪽을 살폈다. 한참 소리를 질러대던 아저씨는 기어이 반지하로 이어지는 계단을 내려가 우리 집 현관문을 발로 찬다.

나는 골목 끝 담벼락에 몸을 숨기고 귀를 막았다. 엄마는 아직도 이마에 퍼런 멍이 낫지 않았고, 아프니까 나을 때까지 누워서 쉬어야 하는데 아저씨가 엄마의 잠을 깨울까 봐 겁이 난다. 엄마가 깨면 다시 벽에 이마를 찧을까도 겁나고, 내 목을 조르거나 물건을 던지며 울까 봐도 겁이 난다. 무엇보다 한글도 제대로 모른다고 나에게 화를 낼까 봐 무섭다.

나는 골목에 쪼그리고 앉았다. 저 아저씨가 가고 나서 집에 들어가야 하는데 문에 대고 사납게 발길질하고 있는 아저씨는 쉽게 멈출 것 같지 않다. 담벼락에 등을 기대고 앉자 등줄기를 타고 냉기가 스며든다. 아저씨는 아까보다 더 세게 문을 발로 차면서 악을 쓰고 있고 나는 목뼈부터 한 토막씩 칼로 도려내는 것처럼 춥다. 작아진 운동화의 뒤축을 구겨 신고 나왔더니 발뒤꿈치는 아예 떨어져 나갈 것만 같다. 양말이라도 신고 나올 걸 그랬다. 곱은 손에 입김을 불자 눈물이 볼을 타고 흘러내린다. 눈물이 흐른 자국을 따라 얼굴이 얼음으로 변해가는 것만 같다.

그때 벌컥 윗집의 창문이 열리며 할머니가 얼굴을 내민다.

"거 이제 고만 좀 하슈. 이래가지고서야 동네 시끄러워서 어디 살겠어? 눈깔을 뽑아 가든 간을 빼 가든 알아서 하면 될 일이지 아무 상관도 없는 사람들한테까지 왜 이렇게 시끄럽게 구냐구?"

할머니는 아저씨가 뭐라고 대꾸도 하기 전에 콱 소리가 나도록 창문을 닫아버린다. 소리 나게 창문이 닫히자 한순간 주위가 조용했다. 나는 아저씨가 혹시 나를 본 게 아닐까 싶어 덜컥 무서웠다. 그래서 자꾸만 몸이 떨렸지만 더욱 담벼락 쪽으로 붙어 앉았다. 냉기가 온몸으로 스미면서 귀에서 윙 하고 소리가 났다. 윙 소리가 나니까 엄마가 더 걱정스러웠다. 아저씨가 문을 발로 쾅쾅 차고 있을 때 엄마는 이마를 벽에 찧고 있지나 않았는지 모르겠다. 저 아저씨들이 가고 나면 엄마의 이마에 물수건을 올려줘야겠다. 엄마가 일어나라면을 끓여주면 의젓하게 먹고 이젠 간판의 글자들도 읽을 수 있다고 자랑해야겠다. 그리고 '허들링'을 어떻게 쓰는지 가르쳐달라고 해야겠다. 하지만 그것보다 먼저, 동그랗게 모여서 허들링을 하는 펭귄들처럼 누군가 엄마와 나에게도 따뜻한 안쪽 자리를 한 번쯤 양보해주면 참 좋겠다.

불이 켜진 창문들을 올려다보며 나는 카스텔라를 품에 꼭 안는다.

촉법소년

발가락이 제대로 펴지지 않아
발톱이 운동화 바닥에 닿을 때마다 조그맣게
신음소리가 나오려고 했다. 이렇게
작아져 버린 운동화를 다시 신을 때마다
내가 어떤 기분인지 이 아저씨들이 알까?
"아저씨, 벌을 안 주시는 건 정말 감사하지만
말이에요. 벌 받을 짓을 안 하게 좀
해주면 안 돼요?"

놀이터 미끄럼틀 꼭대기에서 내려다보면 세상이 좀 다르게 보일 줄 알았다. 푹신한 바닥재의 커다란 사각 무늬도 좀 작아 보이고 고층 빌딩이 즐비한 아랫동네도 훤히 내려다보일 줄 알았다. 눈 아래 펼쳐지는 세상이 레고로 만든 도시처럼 작게 보일 것까지는 기대하지 않았지만, 유아용 미끄럼틀의 계단을 밟고 올라오는 동안 그래도 조금은 달라 보이는 뭔가가 있을 거라 생각했다. 그런데 똑같다. 새로 지은 아파트라더니 놀이터엔 유치한 노란색의 플라스틱 미끄럼틀과 달랑 두 개 매달린 그네, 짙은 빨강의 시소, 그리고 그 옆의 긴 벤치 하나가 전부다.

올봄, 중학교에 입학하기 전까지 다녔던 초등학교 운동장 한구석에도 놀이터가 있었는데 미끄럼틀이 있었는지는 생각이 잘 나지 않는다. 놀이터 바닥을 푹신한 우레탄으로 바꾼 뒤부터 거기서 놀았던 기억은 없다.

12월로 들어선 토요일 늦은 오후, 낯선 아파트의 미끄럼틀 꼭대기에 앉아 있자니 춥다. 바지가 작아져 발목이 껑충 드러나고, 운동화는 꽉 끼어서 발가락이 아프다. 할아버지 집에 나를 맡기고 아빠가 재혼한 뒤로 토요일 점심은 굶거나 컵라면만 먹는데도 내 몸은 보이지 않게 자라고 있었나 보다.

또래들보다 작은 몸집 때문에 셔틀이 될 뻔한 게 불과 몇 달 전인데 이제 학교에 가도 애들은 나를 괴롭히지 않는다. 괴롭히지도 않지만 말을 걸지도 않는다. 그 사건이 있은 직후에는 내가 지나가면 수군거리는 소리가 들리기도 하고 못 본 척 지나치면서 슬쩍 나를 돌아보는 애도 있었지만 이젠 아예 투명인간 취급을 한다. 내가 복도를 걸어가면 알은척은커녕 에어커튼을 통과하듯 스윽 지나가버린다.

중학교 입학식을 하고 꼭 일주일이 되던 날이었다. 아빠가 재혼을 한다며 오래된 연립주택 1층에 사는 할아버지에게 나를 맡긴 지는 한 달이 되던 날이었고, 엄마가 바퀴 달린 캐리어 두 개를 힘겹게 끌고 집을 나간 지는 2년이 되던 날이었다. 교문을 벗어나 골목으로 접어들자마자 격투기를 배운다는 형들이 나를 에워쌌다. 형들이 나를 데리고 간 곳은 재건축을 앞둔 아파트의 지하였다. 아무리 변두리라 해도 이렇게 음산한 곳이 있었나 싶을 만큼 춥고 더러운 곳이었다. 더 이상 사람이 살지 않는 아파트의 지하 입구에는 녹슨 철창문이 달려 있었지만 바람이 불 때마다 삐걱 소리만 날 뿐 잠금장치가 되어주지는 못했다. 바람을 막아주지도 못했다.

"여긴, 한여름에도 에어컨이 필요 없을 만큼 추운 곳이라 해서 '노 에어 존'이라고 하지. 노 에어 존, 공기가 없으니 사람이 살아서 나가기는 좀 힘들겠지?"

투톤 염색을 한 건지 탈색한 머리가 길어서 두 가지 색이 된 건지 알 수 없는 헤어스타일의 형 한 명이 말했다. 말이 끝나자마자 그 옆에 있던 형이 설명을 덧붙

촉법소년

이듯 이야기를 이어나갔다.

"노 에어 존에 온 걸 졸라 환영해. 그런데 너 혹시 쓰다 남은 돈 있으면 내놔 봐. 구경 좀 하게."

나는 고개를 저으며 한 푼도 없다고 말했다. 정말 나는 돈이 없었다. 형들은 올해 입학생 중에 내 키가 제일 작을 거라며 작을수록 돈을 많이 갖고 다녀야 안전하다고 했다. 마음에 드는 액수를 내놓으면 무사할 수 있지만 그건 형들의 기분에 따라 달라질 수 있다고도 했다. 오늘은 기분이 좋아서 그냥 보내주는 대신 내일 점심시간에 2학년 1반으로 찾아와서 '쓰다 남은 돈'을 보여주는 게 좋을 거라며 찌익 침을 뱉었다. 나는 무표정하게 알았다고 했다. 그러고는 아무렇지 않게 그들을 지나쳐 우범지대가 되어버린 아파트의 지하를 빠져나왔다. 느리지도 빠르지도 않게 평소의 걸음으로 계단을 올라와 녹슨 철창문을 삐걱하고 열었다. 등 뒤에서 "쪼끄만 게 쫄지도 않네."라며 또 침을 뱉는 소리가 들렸다.

다음 날 나는 2학년 1반으로 찾아갔다. 돈 대신 샤프펜슬을 들고 갔다. 그리고 말없이 다가가 그 형의 눈을 찔렀다. 옆에 있던 다른 형이 내 멱살을 잡기에 팔뚝을 물고 놓아주지 않았더니 입안에 물컹한 살점이 씹혔다. 그게 다였다. 덕분에 우리 학교 2학년 중 한 명은 왼쪽 눈을 실명했고, 또 한 명은 전치 4주의 진단과 제법 큰 흉터를 팔에 지니게 됐다. 여전히 내 키는 전교에서 제일 작았지만 더 이상 나를 건드리는 형들은 없었다.

그리고 사건조사를 하던 경찰은 내가 모르던 사실을 알려주었다. 촉법소년. 어렵고 이상한 말이었다. 만 열 살부터 열네 살까지는 웬만큼 나쁜 짓을 해도 벌을 안 받는다는 뜻이라고 했다. 벌을 안 주는 대신 한 달에 두 번 보호관찰관이 집에 와서 내가 학교를 잘 다니는지, 할아버지하고는 잘 지내는지 묻고 간다. 원래 표정이 없고 말도 없는 나는 관찰관이 뭘 묻든 얌전히 고개를 끄덕인다. 관찰관은 나만큼이나 표정을 지을 줄 모르는 할아버지와 몇 마디를 나누다가 5분도 되지 않아 돌아가고, 할아버지는 관찰관이 떠난 지 두 시간이 되지 않아 술에 취한다.

취한 할아버지는 나를 때린다. 네 에미년은 왜 너 같

은 혹을 두고 내뺐냐고. 조선족이라기에 불쌍해서 거둬줬더니 혹 덩어리는 여기 떼놓고 어딜 간 거냐고. 여자는 이 나라 년이나 저 나라 년이나 다 똑같고 늙으나 젊으나 다 나쁜 년이니 몽땅 한 구덩이에 처넣고 묻어버려야 한다며 고래고래 소리를 질렀다. 그럴 때면 나는 재빨리 집을 빠져나온다. 할아버지와 살면서 계절이 세 번 바뀌는 동안 터득한 방법이었다. 할아버지가 술을 마시기 시작하면 무조건 나가야 하고 어디선가 시간을 보내다가 할아버지가 잠이 들고 난 뒤 들어가야 한다. 그러고 난 다음 날이면 똑같이 표정도 말도 없는 할아버지와 나는 서로 보이지 않는 듯 각자 할 일을 했다.

오늘도 할아버지는 정 여사와 함께 치킨을 시켜서 소주를 마실 것이고, 거나하게 취할 것이다. 정 여사가 나가기 전에 집에 들어갔다가는 또 턱이 돌아가도록 뺨을 맞을지도 모른다. 분위기나 깨는 혹 덩어리 같은 놈, 인생에 득이 되지 않는 혹은 잘라 없애야 한다며 길길이 날뛸 것이다. 정 여사가 할아버지 집으로 오는 토요일 오후만 되면 나는 갈 데가 없다. 갈 데가 없지

만 어디든 가야 한다. 어디든 가 있다가 정 여사가 나
가고, 할아버지가 기분 좋게 한숨 자고 일어나 아홉 시
뉴스를 볼 때쯤 들어가야 한다.

　토요일 오후 할아버지는 집을 치우고 샤워를 하고,
정 여사를 맞이할 준비를 끝내고 나서 내게 오천 원짜
리 한 장을 내민다. 이걸로 저녁 사 먹고 놀다가 아홉
시 지나거든 들어오너라. 나는 말없이 그 돈을 받아 쥐
고 집을 나와 피시방으로 간다. 세 시간쯤 게임을 하면
서 컵라면을 먹는다. 점심을 거른 채로 먹는 컵라면은
늘 양이 모자란다. 하지만 오천 원으로는 게임을 더 할
수도 다른 걸 더 사 먹을 수도 없어 피시방을 나온다.
그다음은 다시 갈 데가 없어진다.

　오늘 나는 아빠가 사는 아파트 놀이터로 왔다. 피시
방을 나와 갈 곳이 없기도 했지만 아빠가 어떻게 사는
지 궁금했다. 그래서 갈 곳이 없는 토요일이나 일요일,
가끔 버스를 타고 아빠네 새 가족이 사는 아파트 놀이
터에 오곤 한다. 아빠와 재혼한 아줌마에게는 여섯 살
짜리 딸이 있다고 했다. 아빠는 할아버지에게 나를 맡
기고 떠나면서 내게 여동생이 생겼다고 말했다. 동생이

생겼으니 의젓하게 행동하고 할아버지 말씀을 잘 들어야 한다며 짐을 부리듯 나를 밀어 넣고 갔다. 나는 멀어져 가는 아빠의 뒷모습을 보며 조그맣게 '동생' 하고 발음을 해보았다. 입술을 오므렸다가 펴며 동생, 동생…. 혀끝에 살짝 바람이 일어나면서 휘파람 소리가 났다.

미끄럼틀에 올라앉아 아래만 내려다보고 있은 지 한참이 지나자 놀이터 맞은편에서 아빠가 나타났다. 눈썹을 짙게 그린 아줌마랑 머리를 올려 묶은 여자애가 아빠와 함께 아파트 공동현관을 빠져나오고 있었다. 아줌마는 쉬지 않고 이야기를 하고 있고, 아빠는 여자애의 손을 잡고 주차장을 향해 걸어가고 있었다. 아빠가 여자애의 귀에 대고 뭔가 소곤거리자 여자애가 까르르 웃음소리를 냈다. 뉘엿 해가 지고 있는 미끄럼틀 꼭대기에 앉아 나는 물끄러미 그들을 내려다본다. 아빠의 가족들이 차례로 올라탄 차가 내 앞을 지나가는 걸 보며 지금 그들이 가는 곳이 어딘지 궁금했다.

지금쯤 정 여사는 갔을까? 어둑해지고 나서도 한참

이 지났다. 날이 너무 추워서 밖에 있기가 힘들다. 돈도 없고 갈 곳도 없다. 돈이 없어서 갈 곳이 없는 건지, 갈 곳이 없어서 돈도 없는 것인지 잘 모르겠다. 나는 춥고 어두운 집 앞에서 잠시 망설인다. 비번을 누르고 조용히 들어가야 하나, 초인종을 누르고 내가 들어간다는 걸 알려야 하나?

할아버지는 원칙이 없었다. 어떨 때는 눈치 없이 초인종을 눌렀다고 소리를 지르고, 어떨 때는 쥐새끼처럼 숨어 들어와서 분위기를 깬다고 야단을 쳤다. 나는 비번 대신 초인종을 선택했다. 유난히 큰 소리로 초인종이 울리고 나서 한참이 지나 할아버지가 현관문을 열었다. 문이 열리자 정 여사가 불쑥 튀어나와 쌩하고 집을 나간다.

집 안 가득 술 냄새가 났다. 식탁에는 먹다 남은 치킨과 함께 벌건 양념이 묻은 휴지 조각과 소주병이 뒹굴고 있고, 안방에는 이부자리가 흐트러져 있다. 다행히 할아버지의 기분이 나빠 보이지는 않는다. 그렇다고 딱히 기쁜 표정을 짓는다거나 내게 다정하게 말을 걸어주는 건 아니다. 소리를 지르거나 때리지 않으면 그게 기분이 좋다는 뜻일 뿐이다. 내가 집에 오자 할아버지는 방문을 탁 닫고 들어갔다. 나는 식탁 앞에 앉아 양념이 묻은 휴지조각과 소주병을 한쪽으로 밀어놓고 남은 치킨을 먹었다.

엄마는 남이 먹다 남긴 음식을 먹으면 그게 팔자가 된다고 했다. 한번 그렇게 길들이고 나면 평생 그런 음식만 먹게 된다면서 배가 고프더라도 새로 차려주는 밥이 아니면 먹지 말라고 했었다. 엄마 특유의 억양으로 천연덕스럽게 그런 말을 했다. 그 말을 듣고 있던 아빠는 엄마의 배에 주먹을 내질렀다. 허리를 꺾고 고꾸라진 엄마의 등을 걷어차며 어디서 배부른 소리를 하고 자빠졌냐고 소리를 꽥 질렀다. 연변 촌년 주제에 도시물을 먹게 해줬더니 건방만 늘었다며 눈을 부라렸다. 나는 옆에서 얌전히 밥을 먹었다. 엄마가 새로 차려준 밥은 따뜻하고 고소했다. 아빠가 쾅 소리를 내며 현관문을 닫고 나간 뒤에도 엄마는 허리를 꺾은 채로 바닥에 웅크리고 있었고, 나는 들기름에 구운 김을 밥 위에 올려놓고 젓가락으로 집어 먹었다.

초등학교 이학년 때 내 발을 밟은 아이의 발등을 가

위로 찌른 후 엄마는 나를 데리고 병원에 간 적이 있다. 하얀 가운을 입은 여자 의사는 사람 얼굴이 그려진 몇 장의 그림을 보여주며 어떤 마음일지 말해보라고 했다. 웃는 얼굴과 화난 얼굴이 어떻게 다른지도 말해보라고 했다. 나는 입꼬리가 올라가거나 눈썹이 올라간 사람의 얼굴이 그려진 그림을 왜 계속 보여주는지 몰랐다. 다 그게 그거 같은데. 어떨 때 웃음이 나오고 어떨 때 눈물이 나는지 아느냐고 묻는 의사에게 짜증이 났지만 가만있었다. 나는 늘 가만히 있다. 자꾸 쓸데없는 걸 묻는 의사 옆에서 엄마는 또 왜 울고 있는지 궁금할 뿐이었다.

　남이 울면 따라 우는 버릇이 있던 엄마는 내가 울지 않아서 떠나버린 걸까? 엄마는 드라마의 주인공이 울어도 따라 울었고, 누군가와 통화를 하면서도 곧잘 울었다. "엄마 왜 울어?"라고 물으면 "엄마 우는 거 아니야." 하며 또 눈물을 흘렸다. 지금 엄마는 어디서 누구를 따라 울고 있을까? 내게도 자주 눈물을 흘리는 버릇이 있었다면 엄마는 나를 따라 울며 내 곁에 있었을까? 나는 왜 울지 않는 걸까? 나도 기쁜 얼굴과 슬픈 얼굴을 구분할 줄 알고 웃거나 화나는 표정을 짓고 가끔 울기도 했더라면 엄마가 떠나지 않았을까?

할아버지와 정 여사가 남긴 치킨을 먹어치우고 콜라를 마신다. 콜라를 많이 마시면 칼슘이 빠져나가서 키가 안 큰다는데, 그래도 토요일 저녁마다 할아버지가 남긴 치킨과 함께 마시는 콜라를 포기할 수는 없다. 콜라 캔을 들고 한꺼번에 마셔버리자 트림이 올라왔다. 기분이 좋았다. 나는 일부러 크게 트림을 하며 닭 뼈와 휴지조각과 소주병을 비닐봉지에 담는다. 분리수거를 해야 한다는 건 알지만 할아버지와 나는 쓰레기 봉지를 사는 데 아까운 돈을 들이지 않는다. 아무 비닐봉지에나 담아서 골목 어디쯤 던져두면 며칠 지나지 않아 누군가 치워놓는다.

토요일 늦은 밤, 나는 부스럭거리며 혼자만의 정찬을 마친다. 바깥에서 쌩 하고 바람 부는 소리가 들렸다. 내일부터 역대급 한파가 시작될 거라더니 바람소리가 예사롭지 않다.

일요일의 놀이터가 텅 비어 있었다. 노란색 미끄럼틀

하나와 그네 두 개, 무릎 높이 정도의 시소밖에 없으니 놀이터라 할 것도 없었다. 그래도 가끔은 유치원 꼬맹이들이 나와 놀기도 했는데, 날이 추워지면서 놀이터에는 아무도 없는 날이 많았다. 나는 그네에 앉아 몸을 흔들거리거나 미끄럼틀 꼭대기에 앉아 주차장을 내려다보며 일요일 오전을 보내고 있었다.

오늘 아침, 할아버지는 전화기에 대고 소리를 질러댔다. 왜 새끼를 떠안겨놓고 생활비를 빨리 보내지 않느냐며 악을 썼다. 전화기를 씹어 먹을 듯이 바짝 입에 대고 소리를 지르는 동안 침이 사방으로 튀었다. 아빠와 통화한 모양이다. 할아버지와 아빠의 통화는 늘 똑같았다. 다른 여자와 결혼해 살겠다고 나를 떠넘기고 간 아빠와 나를 떠안았으니 돈을 달라는 할아버지. 아빠가 돈을 제때 보냈다면 할아버지가 아빠에게 전화할 일은 없었을 것이다. 그것보다 먼저, 아빠가 재혼을 한답시고 나를 할아버지한테 떠넘기지 않았다면…. 남이 울면 따라 우는 엄마와 결혼하지도 않고, 아예 내가 태어나지 않았다면 이렇게 되지 않았을 것이다.

하지만 오늘 아침은 그런 걸 따질 때가 아니었다. 이

럴 때 할아버지 눈앞에 얼쩡거리면 안 되겠다 싶어 나
는 얼른 집을 빠져나왔다. 베트남전에 참전해 베트콩
을 수없이 잡았다는 할아버지는 화가 나면 눈빛이 변
했다. 눈빛이 변한 할아버지는 무조건 피해야 한다. 늦
은 아침을 차려 먹다 말고 나는 조용히 신발을 꿰어 신
고 집을 나왔다. 작아서 잘 들어가지 않는 운동화에 억
지로 발을 집어넣다가 양말이라도 신고 나가야 하지
않을까 생각했지만 그냥 나와버렸다. 그나마 점퍼라도
들고나왔으니 망정이지 안 그랬다간 얼어 죽기 십상인
날씨였다.

그네에 앉아 웅크린 채 가만히 있자니 바지가 짧아
져 드러난 발목은 아까부터 감각이 없다. 이러다 발목
이 떨어져 나가도 아픈 걸 못 느끼는 건 아닐까 생각할
때쯤 불쑥 아빠네 가족이 나타났다. 아파트 공동현관
을 나와 주차장 쪽으로 걸어오는 그들의 모습은 어제
와 똑같았다. 아줌마는 계속 얘기를 하고 있고, 아빠는
여자애의 손을 잡고 차를 향해 걷고 있고, 여자애는 고
개를 한껏 들고 아빠를 쳐다보고 있었다. 나는 천천히
그네에서 일어나 그들에게 다가갔다. 아빠는 흠칫 놀

라더니 얼굴을 돌렸다.

"아빠, 그동안 안녕하셨어요?"

추워서 말이 잘 안 나왔지만 최대한 예의 바르게 인사를 했다. 아빠가 나를 외면하는 것과 달리 옆에 서 있던 아줌마는 내 위아래를 훑어보면서 입술을 삐죽거렸다.

그 순간 아빠 손을 잡고 있던 여자애가 말갛게 나를 올려다보며 말을 했다.

"오빠, 누구야?"

여자애가 오빠, 라고 말하는 순간 나도 모르게 여자애의 얼굴을 빤히 쳐다봤다. 눈이 크고 속눈썹이 짙었다. 동생이라고 발음할 때 혀끝에서 살짝 바람소리가 났던 기억이 떠올랐다. 나는 여자애에게 어디 가니, 라고 물었다. 여자애의 커다란 눈이 반달모양으로 변하더니 우린 교회에 갈 거야, 라고 했다. 교회에 가서 예배를 보고 나면 외식도 할 거라며 여자애는 아빠와 잡고 있던 손을 살짝 흔들었다.

"좋겠네."

나는 아빠를 올려다보며 말했다. 아빠는 큼큼 괜히

헛기침을 하더니 여자애 손을 잡고 성큼 나를 지나쳐
갔다. 나는 아빠네 식구들 뒤를 어기적어기적 따라가
며 슬그머니 아빠 옆에 붙어 섰다. 혹시 나도 데리고
가주면 안 되냐는 말은 하지 않았다. 대신 여자애가 그
랬던 것처럼 뒷목을 확 꺾으며 아빠를 계속 올려다봤
다. 아빠가 만 원짜리 한 장을 쥐여 주며 다른 데 가서
놀라고 했다. 나는 걸음을 멈추고 아빠의 가족이 멀어
져 가는 뒷모습을 쳐다봤다. 아빠 손을 잡고 가면서 여
자애가 자꾸만 나를 돌아보며 말했다.

"저 오빠 발 시리겠다. 추운데 양말도 안 신었네."

피시방의 푹신한 의자에 몸을 기대자 졸음이 몰려왔
다. 모니터에 띄워놓은 채팅창에서는 쉴 새 없이 욕이
오가고 머리 위로 눌러쓴 헤드셋에서는 연신 굉음이
터져 나오고 있는데도 자꾸 눈이 감겼다. 추운데 놀이
터에 너무 오래 있어서 그런가 보다. 피시방에 온 건 게
임을 하고 싶어서가 아니라 추워서였다. 배가 고파서
였는지도 모르겠다. 컵라면 건더기를 다 건져 먹고 국
물까지 남김없이 마시고 나서 푹신한 의자에 몸을 기

대는 순간부터 잠이 오기 시작했다. 하지만 비싼 돈 주고 잠만 잘 수는 없을 것 같아서 억지로 눈을 뜨고 새 아이템을 장착했다. 그래도 여전히 게임은 재미없었다.

알바형이 나를 깨우는 소리에 눈을 떴다. 결국 잠이 들었던 모양이다. 따뜻하고 푹신한 의자에서 일어나기 싫었지만 나는 어기적거리며 카운터로 가서 계산을 했다. 아까운 돈을 피시방에서 다 써버릴 수는 없었다. 미간에 세로 주름 두 가닥이 깊게 팬 알바형에게 세 시간의 게임비와 컵라면 값으로 할아버지가 준 오천 원을 내밀고 피시방을 나왔다. 아직 주머니에는 아빠가 준 만 원짜리가 남아 있었다. 든든했다.

바깥은 추웠고 나는 여전히 갈 곳이 없었다. 몸을 움직이지 않으면 더 추워질 것 같아서 무작정 걷기 시작했다. 걷다 보니 또 아빠네 아파트 놀이터였다. 아빠네 식구들은 교회에 가서 예배를 보고 외식을 했을까? 외식을 했다면 뭘 먹었을까? 플라스틱 그네 끝에 엉덩이를 걸치고 앉자 한기가 온몸으로 퍼져 서 있을 때보다 더 추웠다. 얼떨결에 엉덩이를 뗐다가 마땅히 할 게 없어 다시 그네에 앉았다. 발목이 하얗게 드러났다. 양말을 신지 않은 내 발목을 보며 춥겠다고 하던 여자애가 떠올랐다. 여자애의 그 표정은 기쁜 걸까, 슬픈 걸까, 웃는 거였을까, 화를 내는 거였을까?

추위에 곱은 손에 입김을 불어가며 그네에 앉아 있는데, 아파트 입구로 아빠네 가족들이 들어서는 게 보인다. 아빠는 나를 발견하자마자 다짜고짜 다가와 내 정강이를 걷어찼다.

"다른 데 가서 놀라고 했지!"

나는 정강이를 붙잡으며 바닥에 주저앉았다. 순식간에 냉기가 엉덩이를 타고 올라와 온몸으로 퍼졌다. 아빠의 구둣발에 맞은 곳보다 얼어붙은 듯한 엉덩이가 더 얼얼했다. 눈썹을 짙게 그린 아줌마는 내가 주저앉아 있는 바로 옆을 지나가며 던지듯 한 마디를 내뱉었다.

"하여간 싹수없는 것들은 잘해주면 나쁜 버릇부터 든다니까."

아빠와 아줌마는 여자애의 손을 낚아채듯 잡고는 공동현관 안으로 빠르게 사라졌다. 놀란 눈으로 그 광경을 보고 있던 여자애의 머리카락에서 돼지갈비 양념

냄새가 났다.

 한겨울답지 않게 포근한 토요일이다. 일기예보에서
는 오늘 저녁부터 이번 겨울 들어 가장 추운 날이 사나
흘 계속될 거라 했는데 12월 중순의 토요일 오후, 햇빛
이 잘 드는 놀이터를 내리쬐는 볕에는 온기가 스며 있
었다. 모처럼 포근한 주말이어서 그런지 놀이터에 놀러
나온 아이들이 보인다. 네댓 살이나 됐을까. 단발을 하
고 앞머리에 커다란 핀을 꽂은 여자애와 양 갈래로 머
리를 묶은 아이 둘이 미끄럼을 타고 있다. 딱히 재밌을
것도 없는데 높은 웃음소리를 내며 플라스틱 계단을
올라가 미끄럼을 타고 내려온다. 시끄러웠다.
 오늘도 할아버지는 정 여사를 맞이하기 위해 집을
치우고 샤워를 했다. 욕실을 나와 향이 진한 스킨을 얼
굴에 바르면서 내게 오천 원을 던져줬다. 돈을 집어서
호주머니에 넣는 순간 지난주 일요일에 아빠가 준 만
원이 손에 잡혔다. 나는 두 장의 지폐 주인이 되었다.
아무리 추워도 피시방 같은 데서 이 돈을 다 써버리지
는 말아야겠다는 생각을 했다. 어디로 갈까? 용돈이 생

겼어도 토요일 오후에 갈 데가 없기는 마찬가지였다. 버스정류장에 한참 서 있다가 아빠네 가족이 사는 아파트 쪽으로 가는 버스를 탔다.

시끄러운 웃음소리를 내며 미끄럼을 타고 있는 여자애들은 이제 칭얼칭얼 소리를 낸다. 미끄럼틀 아래 쪼그리고 앉아 머리를 맞대고 뭔가를 찾고 있다. 쪼그리고 앉은 채 발을 옮겨가며 열심히 발밑을 뒤지는 여자애의 양 갈래로 묶었던 머리 한쪽이 풀려 있다. 나는 아까부터 그네에 앉아 두 아이를 지켜보고 있었다. 여자애들과 얼마 떨어지지 않은 곳에 미끄럼틀이 있고, 미끄럼틀 계단의 맨 아래 칸에 분홍색 플라스틱 조각이 보였다. 자세히 보니 여자애의 한쪽 머리에 매달린 방울과 똑같다. 나는 천천히 일어나 분홍색 방울을 집어 여자애 앞에 내밀었다. 방울을 보더니 여자애가 발딱 일어서서 또 시끄러운 웃음소리를 내며 총총 뛰었다. 다른 여자애도 덩달아 같이 뛰며 높은 소리로 따라 웃었다.

그때 웬 아줌마가 놀이터 쪽으로 뛰어왔다. 다짜고짜 두 아이 앞을 막아서서 짯짯한 눈초리로 나를 훑어봤다.

"너 이 아파트에 사는 애 아니지? 남의 동네엔 왜 온 거야?"

아줌마는 머리 한쪽이 풀린 여자애 여기저기를 살폈다. 그러더니 갑자기 나를 쏘아보며 말했다.

"얘들한테 너 이상한 짓 한 거 아니야? 시시티브이 보면 다 나오니까 솔직히 말해!"

나는 아무 말도 하지 않고 그네에 가서 앉았다. 말은 하지 않았지만 화가 났다. 화가 날 때 표정을 어떻게 짓는지는 몰라도 아줌마의 눈을 찔러버리고 싶을 만큼 화가 났다. 이래서 할아버지가 화가 나면 눈빛이 변했던 건가 싶기도 하다. 내가 말도 표정도 없이 그네에 앉아 몸을 흔들자 아줌마는 한 손에 한 명씩 두 아이의 손목을 잡고 공동현관 안으로 들어갔다. 아이들을 재촉해가며 빨리 걷느라 뒤뚱거리면서도 몇 번인가 뒤를 돌아봤다. 나는 가만히 앉아 있을 뿐인데 마치 내가 뒤를 따라가기라도 하는 것처럼.

여자애들이 집으로 들어가 버리자 놀이터는 정적에 휩싸인다. 아직도 해가 지려면 한참이 남았고 아홉 시가 되려면 얼마나 더 기다려야 할지 모르겠다. 춥지 않아 다행이지만 토요일 오후의 이 지루한 시간을 어떻게 보내야 할지 알 수가 없었다.

그때였다. 아빠네 딸이 놀이터를 향해 걸어오고 있었다. 날이 따뜻해 그런지 애들이 자꾸 놀이터로 온다. 여자애는 그네 앞에 서더니 까만 눈을 깜박이며 나를 올려다본다.

"오빠, 오늘은 양말 신었네. 이제 맨날 양말 신고 다녀. 발 시리잖아."

아무 말도 하지 않는데 내 혀끝에서 바람소리가 나는 것 같았다. '동생'이라고 말할 때처럼 오빠, 그네 밀어줘. 나는 여자애가 시키는 대로 그네를 밀었다. 조그만 여자애 하나 앉았을 뿐인데 그네에 제법 무게가 실렸다. 혹시 애가 다칠까 봐 최대한 살살 그네를 밀어줬다. 오빠, 저기 시소 타자. 나는 총총 뛰어가는 여자애를 따라 시소를 향해 갔다. 여자애가 잘 앉을 수 있게 시소 한쪽을 잡아줬더니 여자애는 달랑 올라앉으며 고마워, 라고 했다. 가지런하고 하얀 이가 보이고 한쪽 볼에 보조개가 패었다. 뭐라고 말을 해주고 싶은데 무슨 말을 해야 할지 몰라 가만있었다. 여자애가 엉덩방 아를 찧을까 봐 나는 발을 땅에 꼭 붙이고 힘 조절을 했다. 유아용 시소는 전교에서 키가 제일 작은 내 다리 길이보다 높지 않았다. 다행이었다. 시소가 올라갈 때 마다 여자애가 높은 웃음소리를 냈다. 어린 여자애들 은 다 이렇게 시끄러운 소리를 내는 걸까?

나는 식탁 앞에 앉아 먹다 남은 치킨을 허겁지겁 먹 고 있었다. 문을 닫고 들어간 할아버지의 방에서는 티 브이 소리가 새어 나오고, 저녁부터 갑자기 추워진 날 씨 때문인지 틀어진 창틀이 흔들리면서 위협적인 바람 소리가 새어 들어왔다. 식탁 한쪽으로 치워놓은 소주 병과 양념이 엉긴 휴지조각 위에 내가 발라 먹은 닭 뼈 를 얹으며 콜라를 마셨다. 기분 좋은 트림이 올라왔다.
갑자기 초인종이 울렸다. 나는 얼떨결에 치킨 조각 을 떨어뜨렸다. 초인종이 울리고 세차게 문을 두들겨 대는 것과 동시에 정 여사의 목소리가 들렸다. 할아버 지가 달려 나와 문을 열자 정 여사는 다짜고짜 내 앞 에 섰다.

"너 똑똑히 말해. 내 지갑에서 돈 훔쳤어, 안 훔쳤어?"

나는 양념이 묻은 손을 허공에 든 채 멀거니 정 여사를 바라봤다. 할아버지가 당황하며 정 여사를 진정시켰다. 정 여사, 뭔가 오해가 있나 본데 차근차근 얘기부터 합시다. 정 여사는 숨을 몰아쉬어 가며 급하게 말을 쏟아냈다. 글쎄, 내가 버스를 타려고 정류장에서 지갑을 열었는데 현금이 하나도 없는 거예요. 여기 올 때는 분명히 오만 원이 지갑 속에 얌전히 들어 있었는데 말이야. 요 앞 현금지급기에서 돈을 찾고 나서 내가 들른 곳이라곤 여기밖에 없으니 저 애가 안 갖고 갔으면 누가 갖고 갔겠어요? 아까 영감하고 저 방에 있는 동안 얘가 내 지갑을 뒤진 게 분명해요. 전엔 초인종을 누르고 문을 열어줘야 들어오더니 오늘은 슬그머니 들어와 있을 때부터 알아봤어야 하는데.

할아버지는 정 여사의 얘기가 채 끝나기도 전에 내 뺨을 후려쳤다. 맞을 때마다 느끼는 거지만 막상 아프다는 감각보다는 놀라기부터 한다. 아픈 건 그다음이다. 연속해서 맞다 보면 아예 아픈 단계는 생략되고 얼얼하거나 무감각해진다. 할아버지는 팬터마임을 하듯 조용히 오른쪽 왼쪽 교대로 내 뺨을 때렸고, 정 여사는 팔짱을 낀 채 그 광경을 지켜보고 있었다. 마치 음소거를 해놓고 보고 있는 티브이처럼 비현실적인 장면이었다. 찢어진 입가에서 피가 흐르고 아까부터 흘러내린 코피가 앞섶을 적실 때쯤 할아버지는 주먹을 멈췄다. 그리고는 내 점퍼의 주머니를 뒤지기 시작했다.

지폐 두 장이 나왔다. 지난주 일요일 아빠에게서 받은 만 원과 오늘 할아버지가 준 오천 원. 나는 할 말이 없었다. 아빠가 사는 아파트 놀이터에 갔다는 말을 할 수도 없고 돈을 받았다는 말은 더더욱 할 수가 없다. 정 여사는 남은 돈은 어디다 숨겼냐며 나를 윽박질렀다. 나는 표정도 말도 없이 손등으로 코피를 닦았다. 정 여사는 진저리를 한 번 치더니 할아버지를 향해 손자 교육 똑바로 시키라고 소리를 질렀다. 그러고는 두 장의 지폐를 움켜쥐고 쿵쿵 발소리를 울리며 가버렸다. 할아버지의 눈빛이 확 변했다.

콜라를 마시고 트림을 할 때마다 기분이 좋다. 얌전히 식도를 타고 내려갔던 탄산이 폭발하듯 좁은 목구

명을 치받고 되올라오는 짜릿함. 특히 전혀 예상하지 못한 순간에 트림이 터져 나올 때의 느낌은 뭐라 말하기가 힘들다. 그렇게 예기치 않은 순간에 트림을 토해낼 때는 나도 기쁘거나 웃는 표정을 지을 수 있을 수 있겠다는 생각이 들 정도다.

식탁 한쪽에 닭 뼈가 수북이 쌓이고 양념 묻은 휴지 조각이 나뒹군다. 지금은 토요일이 아니지만 나는 치킨을 먹고 있다. 할아버지와 정 여사가 먹다 남긴 것도 아니다. 오늘은 정확히 월요일이고 지금 시각은 오후 2시. 할아버지는 평소처럼 공사장에 나갔고 나는 오늘 학교에 가지 않았다. 사실 나는 자주 학교에 가지 않는다. 학교를 가든 안 가든 다를 게 없으니 아침에 일어나기 싫으면 등교를 하지 않는다. 내가 학교에 안 간 걸 할아버지에게 알려주는 사람도 없고, 할아버지가 안다 한들 달라질 것도 없다.

오늘도 늦잠을 자고 일어나 오전 내내 티브이를 봤다. 학교를 가지 않는 다른 날과 달라진 게 있다면 한참 티브이를 보다가 식은밥을 차려 먹는 대신 치킨을 시켰다는 것뿐이다. 치킨 값을 주고도 내 주머니에는 아직 삼만 이천 원이 남아 있다. 운이 좋다면 오늘 저녁도 치킨을 시켜 먹을 수 있을 것이다. 정 여사의 지갑에 돈이 좀 더 있었더라면 한 일주일쯤 매일 치킨을 먹을 수도 있을 텐데…. 저녁에는 천 원을 더 주고 1리터짜리 콜라를 추가해야겠다. 가능하다면. 그러니까 오늘 저녁도 치킨을 시키는 게 가능하다면.

콜라를 한 모금 더 마시려는데 초인종이 울렸다. 나는 천천히 캔을 집어 들고 꿀꺽꿀꺽 소리를 내며 남은 콜라를 마저 마셨다. 배에 힘을 줬지만 트림은 나오지 않고 달면서도 씁쓸한 맛만 입안에 남았다. 그사이 초인종 소리가 몇 번 더 울리고 쿵쾅쿵쾅 누군가 문을 두드렸다. 나는 휴지를 뽑아 입을 닦고 싱크대로 가서 손을 씻었다. 빠르지도 느리지도 않게 몸을 움직이는 동안 초인종은 계속 울리고 있었다.

문을 열자 두 명의 아저씨가 현관 안으로 쑥 들어섰다. 아저씨들은 경찰신분증을 보여주며 내 이름을 댔다. 본인이 맞느냐고 했다. 나는 고개를 끄덕이며 맞다고 했다. 아빠네 집 여자애 사진을 보여주며 아는 애냐고 물었다. 나는 또 고개를 끄덕였다. 아저씨는 입술에

침을 바르더니, 지난 토요일 오후에 이 여자애를 재개발 아파트 지하에 감금한 사실이 있느냐고 또박또박 물었다. 이번에도 고개를 끄덕이며 그렇다고 했다. 아저씨들은 어이가 없다는 듯 마주보며 헛웃음을 웃었다. 그러고는 유괴혐의로 나를 긴급체포한다고 했다. 묵비권을 행사할 수 있고, 변호사를 선임할 수 있다고 중얼거렸는데 누가 봐도 건성으로 하고 있는 말이었다. 딱히 내가 알아듣기를 기대하고 한 말은 아닌 모양이었다.

아저씨 한 명이 수갑을 꺼내자 다른 아저씨가 이렇게 조그만 녀석한테 수갑까지 채울 거 있겠냐며 말렸다. 말리던 아저씨가 다가와 조용히 내 양어깨를 잡으며 말했다. 여섯 살짜리 애가 무슨 죄가 있다고 그런 끔찍한 짓을 했냐고. 그래도 동생인데 그러고 싶었냐고. 내 어깨를 잡은 아저씨의 손아귀에 점점 힘이 들어가는 게 느껴졌다. 하필이면 그 추울 때 지하에 묶어놓고 이틀이나 방치하면서 애가 죽을지도 모른다는 생각은 안 해봤냐고, 도대체 왜 그랬냐고. 대답할 틈도 주지 않고 계속 물었다.

"왜 그랬냐구요?"

나는 운동화에 억지로 발을 끼워 넣으며 아저씨를 똑바로 쳐다보았다. 내 발보다 작아진 운동화는 신을 때마다 발가락이 아프다.

"왜냐면 나는⋯ 촉법소년이거든요. 아직 열네 살이 되지 않아서 무슨 짓을 하든 다 용서해준다면서요."

아저씨들은 순간 동작을 멈추고 동시에 나를 쳐다봤다.

"아저씨, 내가 촉법소년이라 벌을 안 주는 건 감사해요. 벌도 못 받을 만큼 어리다고 봐주는 거잖아요. 정말 얼마나 감사한지 모르겠어요."

발이 아파왔다. 발가락이 제대로 펴지지 않아 발톱이 운동화 바닥에 닿을 때마다 조그맣게 신음소리가 나오려고 했다. 이렇게 작아져 버린 운동화를 다시 신을 때마다 내가 어떤 기분인지 이 아저씨들이 알까? 신발을 다 신고 일어서자 발톱이 빠질 듯이 아팠다.

"그런데 말이에요. 아저씨, 벌을 안 주시는 건 정말 감사하지만 말이에요. 벌 받을 짓을 안 하게 좀 해주면 안 돼요?"

그렇게 말하는 내 얼굴에는 여전히 아무 표정도 없었다. 슬프거나 화나는 표정을 지어보려 했지만 잘 되지 않았다. 내게 표정을 어떻게 짓는지 가르쳐주는 사람이 딱 한 명이라도 있었더라면 어땠을까 생각하며 아저씨들을 따라 집을 나섰다. 나를 내보낸 낡은 연립의 천문이 철컥 닫혔다.

조건만남

친절한 알바는 내가 계산대에
올려놓는 물건을 하나하나 바코드리더로
찍고 나서 지불할 금액을 말해주고, 결제는
카드로 할 건지 현금으로 할 건지를
선택하게 해주고, 비닐봉지가 필요한지도
물어봐 준다. 하지만 한 번도 어제
사 간 것과 똑같은 물건을 왜 또 사느냐고
물어봐주지는 않는다.

인스턴트커피 봉지를 찢어 머그잔에 쏟아 넣는다. 뜨거운 물을 붓자 커피 알갱이들이 사방으로 튀면서 금세 컵 안쪽이 더러워진다. 티스푼으로 컵 속을 휘젓는 순간 캐러멜색의 소용돌이가 인다. 소용돌이의 작은 움직임을 타고 달큰한 향이 훅 끼쳐 온다.

"너 보기보다 참 싼티 난다."

어젯밤, 김이 나는 인스턴트커피를 건네자 고객이 내게 했던 말이다. 고객은 커피잔을 낚아채 던지듯 식탁 위에 올려놓고는 거칠게 내 옷을 벗겼다. 까뭇하게 수염이 자란 턱이 이마에 닿을 때마다 확 짜증스러웠던 기억이 난다. 고객은 생각보다 어렸고 상상했던 것보다 훨씬 지쳐 보였다. 작은 얼굴에 비해 목이 길어 여자 같은 인상을 주었지만 시비를 거는 듯한 어투 때문에 그다지 말을 섞고 싶지 않았다. 막무가내로 침대로 몰아붙이고는 성급히 몸속으로 파고드는 것이 화를 견디지 못해 벽에 머리를 찧어대는 어린애 같았다.

고객들이 나를 찾는 건 성욕보다 화를 참을 수 없을 때가 많다는 걸 나는 안다. 옷을 벗기면서 끝도 없이 욕을 해대는 남자도 있고, 짐승처럼 달려들어 섹스를 하다가 파랗게 질리면서 흐느끼는 경우도 있다. 가끔은 옷을 찢거나 뺨을 때리는 치도 있는데 이럴 때일수록 대거리를 하기보다 어깨를 토닥이는 편이 낫다. 가만히 어깨를 토닥여주면 아기처럼 옹알이를 하며 잠이 들어버리는 고객도 있다. 그럴 때는 얼굴에 염산을 뿌려버릴까 싶도록 남자가 지긋지긋하지만 잠이 깰 때까지 기다려준다. 일어나면 볼 수 있게 침대 한쪽에 속옷을 개켜 얌전히 놓아두기도 한다. 그들의 옷을 갈가리 찢으며 물어뜯고 싶은 마음을 누르면서 속으로 조용히 욕을 한다. '개 같은 새끼, 평생 조건이나 하며 살다 뒈져버려라.'

한순간만 참으면 남자는 돈이 된다. 들어주기 힘든 '조건'을 내거는 고객일수록 큰돈이 된다. 큰돈을 지불하는 대신 요구도 커지는 건 당연하다. 그들이 내게 진정으로 원하는 건 변태적인 조건이 아니라 화를 받아주고 기다려주는 여자라는 걸 알기에 내 속의 화는 참아야 한다.

지금까지 여러 조건만남을 해오는 동안 내가 터득한 노하우가 바로 이거다. 화가 나 있는 남자들이 나를 찾아온다는 걸 잊지 말 것. 화내는 남자들일수록 상처가 깊다는 것. 그리고 스스로 상처를 핥는 방법을 몰라 더욱 화를 낸다는 것. 내가 '기둥'이나 '삼촌' 없이 혼자 이 일을 계속해올 수 있었던 건 고객들의 이런 속성을 알기 때문일 것이다.

나는 훅하고 진한 향을 끼치고는 빠르게 식어가는 커피를 들고 소파에 앉는다. 거실 한쪽에 놓인 소파에 앉아 새삼스러운 눈길로 좁은 집을 둘러본다. 집이란 무엇보다 볕이 잘 들어야 한다고 생각해왔지만 이 집에 햇볕이 드는 건 늦은 오후 잠시뿐이다. 서향으로 지어진 이 오피스텔에 살기 시작하면서 일조량 따위는 중요하지 않았다. 침대를 놓을 만한 방 하나와 주방을 겸한 거실이 있고, 샤워룸과 변기가 유리벽으로 나뉘어 있는 욕실이 있으니 내게 필요한 건 다 있었다. 보증금이 적은 대신 월세를 많이 내야 하지만 그 정도 부담도 없이 집을 구할 수는 없었다. 무엇보다 직업상 한곳에 오래 머물러 살 수가 없으니 햇볕 따위는 아무래도 좋았다.

나는 볕이 들지 않는 거실 한쪽에 놓인 소파에 눕거나 앉아 책을 읽으며 하루를 보낸다. 어스름이 내릴 때까지 자고 일어난 차림 그대로일 때가 많다. 방음이 좋지 않은 벽을 타고 옆집의 TV소리가 들려오면 나도 음악의 볼륨을 높인다. 음악을 들으면서 인스턴트커피를 몇 잔이고 마시다가 배가 고파지면 커피에 비스킷을 적셔 먹는다. 가끔은 치킨을 시키기도 하는데 오토바이를 타고 배달 온 청년이 헬멧을 쓴 채 집안을 기웃거리는 게 싫어서 웬만하면 배달 음식은 먹지 않는다. 허기가 심한 날은 오피스텔 앞의 분식집에 가서 우동이나 김밥을 먹는다. 분식집에 앉아 밥을 먹다 보면 등을 대고 앉아서 나와 같은 메뉴를 먹던 누군가와 나란히 계산을 하고 나란히 오피스텔을 향해 걸어오게 되는 일도 있다. 같이 엘리베이터를 타고 같은 층에서 내리더라도 여전히 등을 대고 각자의 현관 앞에 선다. 그러고는 끝내 인사 한마디 나누지 않고 집으로 들어가 현관문에 안전 고리를 건다.

나는 집에 있는 동안 대부분의 시간을 슈미즈 차림의 사진을 띄워놓은 채팅 창을 열어둔다. 그러다 알림음이 들리면 채팅을 시작한다. 스마트폰에도 컴퓨터와 연동되는 앱을 깔아놓았더니 컴퓨터와 스마트폰이 번갈아 채팅 알림음을 내기도 한다. 실시간 셀카를 찍어 올리라는 요구가 있을 때를 대비해 미리 찍어둔 동영상도 바탕화면에 깔아놓는다. 그리고 이야기가 잘 되면 계좌로 돈을 입금한 고객에게 주소를 알려준다.

"키 165, 체중 48, 나이 20대 후반, 오피스걸.

외로운 오빠♥, 가족처럼 안아줄게요."

사진과 함께 띄우는 문구는 그날 기분에 따라 다르게 쓰더라도 '가족처럼'이라는 말은 빼놓지 않는다. 뻔한 말이고 진정성도 없다는 건 남자들도 알겠지만 '가족'이라는 말에 안간힘을 쓰며 매달리고 싶어질 때가 있다.

고2 여름방학 직후 무작정 집을 나와 지하철역 화장
실에서 기어이 눈물을 터뜨린 것도 '선불 삼백, 가족처
럼 대해줌'이라는 짧은 문구 때문이었다. 지하철 화장
실 문에 붙어 있던 명함 크기의 스티커에서 가족이라
는 단어를 보는 순간부터 눈물을 멈출 수가 없었다. 공
중화장실 변기에 앉아 고딕체로 쓰인 가족이라는 글
자를 들여다보면서 하염없이 울다가 집으로 들어갔다.
엄마의 새 남편은 여전히 내 방을 기웃거리며 능글맞
은 눈길을 보냈지만 기숙사가 있는 대학으로 진학할
때까지 더 이상 가출은 하지 않았다. 어쨌거나 가족과
함께 사는 것보다 나은 방법을 나는 알지 못했으니까.

깜박 잠이 들었던 모양이다. 그새 채팅창 가득 댓글
이 달려 있다.

"이거 니 사진 정말 맞냐?"

"팬티 한번 내려 봐라."

"셋이 하면 얼마니?"

영양가 없는 댓글만 수두룩하다. 정말 지갑을 열 생
각이라면 '조건'부터 얘기했을 것이다.

나는 선하품을 물며 기지개를 켰다. 잠시 창가에 머물던 볕도 잦아들고 묵직한 침묵이 집 안으로 스미기 시작한다. 얇게나마 집 안을 비추던 햇볕이 더욱 아쉬워지는 늦은 오후, 어디선가 개 짖는 소리가 들려온다. 12개의 투룸이 마주보고 있는 15층짜리 오피스텔의 어느 집에서 몰래 개를 기르고 있나 보다. 텅 빈 복도를 울리며 컹컹 두어 번 들리던 소리는 이내 사라진다. 좁은 집에 갇혀 주인을 기다리는 동안 아무리 짖어도 소용이 없다는 걸 알아서일까? 어떤 기대도 품지 않은 듯 생기 없는 소리였다.

편의점 창가에 앉아 바코드가 붙어 있는 삼각김밥의 포장지를 뜯는다. 참치맛 삼각김밥의 포장지에 표시된 유통기한을 들여다본 순간, 문득 오늘이 내 생일이라는 걸 깨닫는다. 생일날, 삼각김밥이라니…. 손끝에 닿는 끈끈한 김의 감촉이 유난히 차갑다. 나는 갑자기 식욕을 잃는다.

편의점 창밖으로 막 지고 있는 해가 아슬아슬 스카이라인에 걸려 있는 게 보인다. 노을은 비명이라도 지

르는 듯 핏빛 붉음을 내뿜고 있었다. 나는 한 손에 삼
각김밥을 든 채 노을의 마지막 발악을 지켜본다. 마침
내 붉은 핵이 빌딩 숲 아래로 모습을 감추는 순간 나도
모르게 한숨이 흘러나왔다. 왜인지는 모르지만 가슴이
답답했다.

편의점 창밖만 하염없이 보고 있는데 느닷없이 스마
트폰에서 메시지 알림음이 울린다. 이름도 들어보지
못한 결혼정보회사의 설문조사에 응해달라는 문자였
다. 나는 서슴없이 링크되어 있는 주소창을 눌러 앱을
설치했다. 설문조사가 끝나면 만 원짜리 모바일상품권
을 준다는 말에도 솔깃했지만, 무엇보다 내가 다시 결
혼 같은 걸 할 리는 없다는 마음이 선뜻 설문에 응하
게 했을 것이다. 스마트폰을 터치해가며 줄곧 '아니오'
혹은 '매우 불만'을 답으로 선택했다. 나는 그렇게 턱
없이 빨리 끝나버린 나의 결혼을 조소하고 싶었는지도
모른다.

남편은 난폭했다. 대학에 다니면서 알바를 했던 룸
살롱의 매니저였던 남편은 한 번도 가족을 가져본 적
이 없었다. 결혼으로 그와 내가 가족이 되었을 때 남편

은 그 낯섦을 주먹으로 해결했다. 과거를 들추고, 옷차림을 나무라고, 말버릇에 책을 잡는 모든 과정에 욕과 주먹을 동원했다. 나 역시 가족은 어떻게 서로를 대하는지 알지 못했다. 다섯 살 때 이혼한 부모는 나에 대한 책임을 회피하느라 번갈아 가며 법정소송을 했다. 그러다 중학교 입학 때까지 나를 돌보던 할머니가 죽자 재혼한 엄마가 짐 떠안듯 나를 데리고 살았다.

가족이 되면 어떻게 해야 하는지를 모른 채 남편과 나는 가족이 되었고 어리둥절한 사이 이혼이 되었다. 결혼도 이혼도 남의 얘기 같기만 했다. 그러는 동안 임신을 했고, 남편 몰래 중절수술을 했고, 결혼 전이나 그 이후나 마땅한 직업을 갖지 못한 채 나이를 먹었다.

손에 쥐고 있던 삼각김밥에서 눅눅한 김 비린내가 난다. 익숙하지만 피하고 싶은 냄새다. '김밥나라', '엄마손김밥', '김밥천국', '김밥사랑'…. 다양한 이름을 가진 분식집에 앉아 내가 지금까지 먹은 김밥을 한 줄로 세우면 몇 미터나 될까? 누구와도 말 한마디 나눌 필요 없이 분식집 귀퉁이에 혼자 자리를 잡고 꾸역꾸역 김밥을 먹다가 바로 옆에서 혼자 밥을 먹는 누군가를 보는 게 불편해 가끔은 편의점에 앉아 삼각김밥을 먹는다. 하지만 편의점에서 삼각김밥을 손에 든 채 생일을 맞게 될 줄은 몰랐다.

빠르게 어두워지는 편의점 창밖만 내다보고 있자니 허기 때문인지 살짝 어지러워진다. 손에 든 삼각김밥을 어떡하나 잠시 고민하는 사이 사방은 완전히 어둠에 휩싸여버렸다. 어두워진 골목길을 타박타박 걸어 오피스텔로 돌아갈 생각을 하자 또 한숨이 나온다. 나는 손바닥 속으로 스밀 듯 눅진해진 삼각김밥을 기어이 쓰레기통에 던져 넣는다. 삼각김밥의 무게에 쓰레기통 뚜껑이 몇 번 왕복운동을 하다가 멈춘다. 편의점 창밖으로 서른일곱 살 생일이 저물고 있었다.

계산을 마치고 편의점을 나오려는데 머리가 하얗게 센 노인이 느닷없이 문을 밀고 들어왔다. 흰색 모자라도 쓰고 있는 것처럼 머리가 온통 하얀 노인 때문에 유리문에 이마를 찧을 뻔했다. 나는 미간을 좁히며 노인을 쳐다봤다. 노인에게서는 세월의 풍상이 한눈에 보였다. 억센 힘으로 구겼다가 펴놓기라도 한 듯 주름에 뒤덮인 얼굴, 굽은 어깨, 줍거나 얻어 입은 게 분명한 헐렁한 윗도리…. 한때 건장한 남자였던 적이 있었을까 싶도록 마른 몸이었다.

"아, 죄송합니다."

노인은 그렇지 않아도 굽은 허리를 필요 이상으로 굽히며 사과를 했다. 나는 가난한 노인을 보는 게 기분 나빠 일부러 얼굴을 찌푸리며 편의점을 나선다. 천천히 집을 향해 걸음을 옮기고 있는데 노인이 바짝 따라오며 말을 붙였다. 이 오피스텔에 사는군요. 우리 이웃이었네요. 저는 9층인데, 몇 층에 사시나요?

생각보다 말이 많은 사람이었다. 노인은 목소리마저 가난에 찌든 듯 탁했다. 나는 한마디의 대꾸도 없이 노인과 같이 엘리베이터를 탄다. 피하고 싶지만 어쩔 수가 없었다. 눈을 내리깐 채 10층 버튼을 누르자 노인은 자기보다 위에 사는 사람이니 윗사람이라며 잘 부탁한다고 했다. 농담이랍시고 했겠지만 기분이 더 나빠졌다. 9층에서 엘리베이터 문이 열리고 노인이 내리면서 말했다.

"안녕히 계세요."

맙소사, 안녕히 계시라니. 내가 이 좁은 오피스텔에

서 어떻게 안녕할 수가 있단 말인가? 종일 채팅창을 띄워놓고 '조건'을 협상하면서 사는 게 어떤 건지 짐작도 못 할 노인의 한마디가 덜컥 명치에 얹혔다. 나는 가슴께를 손으로 누르며 숨을 골랐다. 하직 인사라도 하듯 공손하게 고개까지 숙이며 인사를 하는 노인이 여간 불쾌한 게 아니었다. 노인을 피하려고 일부러 10층을 누르길 잘했다.

누가 볼세라 급히 계단으로 한 층을 내려온다. 집으로 들어서며 쾅 하고 문을 닫는 순간 허기가 몰려왔다. 식욕은 사라졌지만 허기는 더 맹렬해졌다.

결혼정보회사 기획팀장이라는 여자로부터 전화가 온 건 다음 날이었다.

"설문조사에 응해주셔서 감사합니다. 아주 흥미로운 대답을 하셨더군요."

나는 전화를 끊어버리려다 멈칫했다. 여자의 다음 말이 귓속으로 파고들었기 때문이다.

"나이 37세, 학력은 대학 중퇴, 직업 없음, 결혼경력 1회 있음…. 단도직입적으로 물을게요. 그럼 뭘 해서 먹고사나요?"

똑바로 노려보며 대들기라도 하는 듯 말을 하는 여자의 모습이 그려졌다. 도대체 뭘 믿고 저렇게 거침이 없는 걸까? 결혼정보회사 설문조사 따위에 처음부터 응하는 게 아니었다는 후회가 밀려왔지만 이미 늦었다. 나는 전화를 끊어버리지도 못하고 제대로 대꾸도 하지 못한 채 여자의 말을 계속 듣고 있었다.

"제안 하나 할까요? 돈이 되는 일이니까 거절하진 못할 거예요."

여자의 말이 맞았다. 또박또박한 어투의 그 말을 듣고 있는 동안 여자가 어떤 제안을 하든 거절하지 못할 거라는 걸 직감했다.

"… 일… 이라면… 어떤…?"

나도 모르게 말을 더듬고 있었다.

"남자를 만나는 일이에요."

여자는 앵커가 뉴스를 진행하듯 명료하게 말을 했다. 남자를 만나면 돈을 준다는 건데 누구를 만나서 뭘 하라는 건지 감을 잡기 어려웠다. 하지만 남자를 만나는 일이라면 나는 누구보다 자신 있다. 나는 남자를 싫어하지만 줄곧 남자를 만나며 살아왔다. 남자들이 내거는 조건치고 내가 못 해낸 건 없다. 교복을 입으라면 입었고 욕을 하면 말없이 들어줬다. 수갑이나 채찍을 갖고 오는 남자를 상대하는 일이 제일 힘들었지만 그들의 조건을 수락하면 지갑이 든든해졌다.

"당신 비주얼이 마음에 들어요. 연출이 쉬운 스타일이지. 뿔테안경을 끼면 늦깎이 대학원생이나 공무원도 가능하겠고, 좀 화려하게 입으면 유한마담 출신의 돌싱으로도 보일 거야."

여자는 뜸을 들이듯 한 템포 쉬고 말을 이었다.

"사실인지는 모르지만 대학을 다녀봤다는 것도 중요해요. 우리 일은 머리가 나쁘면 곤란하거든."

여자의 목소리는 스타카토로 끊어졌다. 완전히 하대를 하는 것도 아니고, 그렇다고 높임말도 아닌 어투가 잘 어울린다는 인상을 주었다. 여자의 인상이 어떻든 나는 제안을 받아들이기로 한다. 남자를 만나면 돈을 준다는데 망설일 이유는 없는 것이다. 내 비주얼을 어떻게 알았는지 잠시 궁금했지만 전화를 끊는 순간 의문은 싹 가셨다. 전화번호 하나로 웬만한 신상은 다

드러나는 스마트폰. 다음 달 집세는 이 요긴한 물건이 해결해줄지도 모른다.

남자가 돈이 될 수도 있다는 생각을 맨 처음 하게 된 게 언제였을까? 기억을 더듬자 가슴이 또 답답해진다. 가슴이 짓눌리면서 식은땀이 난다.

지하철역 화장실에서 '선불 삼백'과 함께 '가족처럼' 대해준다던 광고를 본 그때쯤, 여드름투성이 전교 1등이 찾아왔다.

"너 좀 특별한 알바 해보지 않을래?"

같은 교실에서 봄과 여름을 보내면서도 한 번도 말을 섞어본 적이 없는 전교 1등이 내 귀에 바짝 입술을 대고 말했다. 담배냄새가 심하게 났다.

"남자반 1등 공부귀신, 알지? 점심시간에 급식 먹으면서도 영어단어 외우는 덜떨어진 남자애. 니가 걔 좀 붙잡고 있어 줘. 오늘 절대 학원 못 가게 말이야."

"내가 왜 그래야 되는데?"

나는 전교 1등을 쳐다보지도 않고 대꾸했다. 어차피 나하고는 다른 인종인데 엮이고 싶지 않았다. 전교 1등은 집게손가락과 가운뎃손가락 사이에 반으로 접은

만 원짜리 두 장을 끼워 내 눈앞에 들이댔다.

"오늘 하루 공부귀신 학원 안 가게 해주면 나중에 석 장 더 줄게."

전교 1등의 눈가가 가늘게 떨렸다. 거친 숨소리를 들키지 않으려는 듯 숨을 죽였다. 더 이상 아무 말도 하지는 않았지만 간절하게 나를 바라보고 있었다. 어떻게 그런 생각까지 했냐고, 그리고 왜 나를 지목했냐고 묻는 대신 전교 1등의 손가락에서 돈을 뽑아 들었다.

나는 학원차가 즐비한 교문 앞에서 공부귀신을 기다렸다. 구부정한 어깨를 움츠리며 걸어 나오는 공부귀신을 막아서자 두꺼운 뿔테안경을 낀 녀석은 멀뚱하게 나를 쳐다봤다. 나는 교복 앞 단추 하나를 풀며 물고 있던 스틱사탕을 녀석의 입에 물려주었다. 다른 애들이 보거나 말거나 공부귀신의 팔짱을 끼고 시내로 가는 버스를 탔다.

그날 이후 시험을 앞둔 즈음이면 전교 1등은 나를 찾아와 반으로 접은 만 원짜리 몇 장을 주었다. 나는 공부귀신을 기다렸다가 팔짱을 끼고 시내로 나갔다. 떡볶이를 사 먹고 디브이디방으로 데리고 가거나 디브이

디방을 나온 뒤 떡볶이를 먹었다. 디브이디방에 들어서자마자 공부귀신은 바지 지퍼부터 내렸다. 나는 아무렇게나 몸을 맡기고는 영화에서 흘러나오는 소리를 들었다. 영어일 때도 있고 프랑스어나 이태리어일 때도 있었다. 의미를 알 수 없는 영화대사에 귀를 기울이다 보면 시간이 꽤나 지나 있곤 했다. 밤이 깊어질수록 공부귀신은 후회의 빛이 역력한 얼굴이 되어갔다. 덕분에 전교 1등은 여전히 1등을 유지할 수 있었고 라이벌이던 공부귀신과의 격차는 돌이킬 수 없도록 벌어졌다.

후회와 절망으로 더 구부정해진 어깨를 움츠리며 집으로 들어가던 공부귀신의 뒷모습을 떠올리자 가슴이 답답해 숨을 쉬기가 힘들어진다. 그날 이후 내게 있어 남자는 돈이 되어주었다. 잠시 다니던 대학의 등록금이 되고, 옷이 되고, 집세와 카드할부금이 되었다. 결혼은 어쩌면 큰돈이 될 수도 있겠지만 전 남편 이후 결혼하자는 남자를 만나지는 못했다.

고객은 사진보다 나이가 많이 들어 보였다. 반듯하게 넘긴 가르마 덕분에 성실하게 보이는 인상이었다.

결혼정보회사에서 메일로 보내온 사진보다 실물이 나았다. 팀장의 지시대로 소녀취향의 원피스를 입고 포니테일로 머리를 묶고 나오길 잘했다 싶었다. 고객은 저녁을 먹는 내내 눈가에 주름을 지으며 웃었다. 오늘이 딱 열 번째 선을 보는 날인데, 그동안 워낙 기대 이하의 여자만 소개받아서 환불을 요구할 참이었다며 키득키득 웃었다. 말을 심하게 더듬다 보니 그 한마디를 하는 데 시간이 꽤나 걸렸다. 여상을 졸업하고 중소기업 총무과에서 일하고 있는 서른 살의 오피스걸을 연기하는 내내 저렇게 잘 웃는 남자라면 결혼을 해도 나쁘지 않겠다는 생각이 잠시 들었다.

질 나쁜 스피커에서 나오는 드럼 소리 때문에 머리가 지끈거리는데도 고객은 자꾸 웃음을 흘렸다. 우스운 이야기도 아닌데 실실 웃었다. 뭐가 그렇게 재밌어서 자꾸 웃느냐고 물으면 내용도 없는 말을 더듬거려가며 오래 이야기했다. 그리고 또 헤실헤실 웃었다. 나는 슬슬 짜증이 나기 시작했다. 그날 나는 이유 없이 잘 웃는 게 때로는 견딜 수 없는 짜증을 유발한다는 걸 알게 되었다. 나는 얌전히 따라 웃어주다가 열 시 정각이 되자 가차 없이 자리에서 일어났다. 업무를 종료할 때가 된 것이다.

집까지 바래다주겠다는 고객을 간신히 떼어놓고 택시를 타는 순간 피로가 몰려왔다. 소음인지 음악인지 구분이 안 되는 소리로 가득한 카페에 앉아 있는 일은 의외로 피곤했다. 다리를 가지런히 모으고 말더듬이 남자와 차를 마시는 일은 더욱 그랬다. 피로감이 느껴질 때면 나는 팀장의 말을 떠올린다.

"상대에 따라 페이는 달라질 거야. 적정한 가격을 책정해서 지급하고 일을 잘하면 성과급을 줄 수도 있어."

팀장은 가격을 협상하자는 게 아니었다. 일방적인 제안이고 업무지시였다. 얼마를 주든 내가 거절하지 않으리라는 걸 알기에 더욱 단호했다. 고객을 만나고 난 다음 날 곧바로 입금되는 돈의 액수는 생각한 그대로였다. 기대 이상으로 만족스럽지도 않고 딱히 실망스럽지도 않은 금액이었다. 주말은 거르지 않고 약속이 잡혔고 평일에도 심심찮게 남자들과 선을 봤다. 선을 보는 일은 집에서 고객을 상대하는 일보다 번거로웠지만 드라마에 출연하는 기분이 들어서 나쁘지 않았다.

지금까지 내가 찍은 드라마가 몇 편이나 될까? 그중에 가장 기억에 남는 건 사십 대 포클레인 기사였다.

그 고객은 배가 나오고 얼굴 전체에 심한 마마자국이 있는 데다 참기 힘든 입냄새가 났다. 처음 만나던 날 그는 모텔 앞에서 완력을 썼다. 저녁을 먹는 동안 소주 두 병을 비우고 나서 자리를 옮겨 맥주 몇 병을 더 마신 게 결국 문제를 일으켰다. 내 손목을 꺾듯이 그러쥐고 모텔로 잡아끌던 손길은 흡사 뿌리째 나무를 떠내는 조경용 포클레인 같았다. 모텔이든 어디든 고객이 이끄는 대로 못 갈 이유는 없었지만 그 순간 팀장과의 거래는 끝이 날 것이기에 나는 필사적으로 남자의 손을 떼어냈다. 서로를 알아가는 시간을 좀 더 갖자, 어차피 결혼할 거라면 조금만 더 기다려줄 수도 있지 않느냐, 이렇게 첫날밤을 치르고 나면 결혼을 하더라도 분명 후회할 거다, 막무가내이기만 하던 고객은 어느 순간 손에서 힘을 뺐다. 자기와 결혼할 마음도 없으면서 그런 말 하지 말라고 했다. 수십 번 선을 봤지만 다시 만나준 여자는 한 명도 없었다며 고객은 고개를 푹 숙였다.

"난 이제 여자가 무서워. 도대체 어떻게 해야 여자 마음을 얻을 수 있는 거니?"

발소리도 없이 내리막길을 걸어가는 고객의 뒷모습은 천천히 아래로 가라앉고 있었다. 나는 덩치 큰 고객의 모습이 시야에서 완전히 사라질 때까지 그 자리에 선 채로 가만히 있었다.

"사람 마음속으로 조금 들어가는 게, 지하 몇십 미터파 들어가는 것보다 더 어려워. 여자에게 지치는 일도 이제 지친다."

고개를 숙이고 걸어가며 혼잣말로 중얼거리던 고객의 말이 이명처럼 맴돌았다. 그는 결혼정보회사를 상대로 환불을 요구할 수 없을 것이다. 선을 보기 위해 회원가입을 하고 회비를 내면서 쓴 계약서의 내용을 위배했기 때문이다. 나 역시 계약 조건이 없는 건 아니었다. 계약서를 쓰지는 않았지만 고객과 같이 자는 일은 하지 말라는 지시를 받았다. 설혹 같이 자더라도 절대 돈을 받아서는 안 된다는 게 이 일을 하는 조건이었다. 집에서 고객을 상대할 때는 조건을 들어주는 대가로 돈을 받지만 팀장의 지시로 고객을 만날 때는 말을 들어주지 않는 조건으로 돈을 받는다. 어느 쪽이든 조건을 내거는 건 내가 아니다. 나는 그저 그들의 조건을 들어주기만 하면 될 뿐이다.

택시를 내리자 오피스텔이 눈에 들어온다. 12개의 투룸이 마주보고 있는 15층의 오피스텔 군데군데 불이 켜진 창이 보인다. 저 창문마다 사람이 살면서 누군가는 개를 기르고 누군가는 TV를 본다. 또 누군가는 분식집에서 서로 등을 대고 앉아 밥을 먹고 나와서 같은 건물로 들어가면서도 끝내 인사 한마디 나누지 않는다. 그리고 또 누군가는 인터넷 채팅 창을 열어놓고 고객을 기다리거나 결혼정보회사의 호출을 받고 고객을 만나러 나간다.

오피스텔 로비에 서서 엘리베이터 버튼을 누르고 커다랗게 한숨을 쉬어본다. 닫혀 있는 엘리베이터의 문에 비친 내 얼굴에 뽀얗게 김이 서린다. 일부러 더 가까이 다가가 후하고 입김을 불자 내 얼굴이 뭉그러진다. 그러다 잠시 후 다시 선명하게 비치면서 물기가 흐른다. 내가 나를 마주보며 울고 있는 것 같다.

오후 늦게 낮잠을 잤더니 그새 밤이 되었다. 그악스럽게 붙들고 늘어지다 결국은 스카이라인 아래로 떨어지고 마는 해를 보고 싶지 않아 커튼을 치고 잠이 들었는데 한밤이 되어서야 깼다. 옆집에서는 뉴스를 켜놨는지 똑같은 톤의 남자 목소리가 왕왕거리면서 들려오고, 어느 집에선가는 개가 짖고 있었다. 아래나 위에 사는 누군가는 샤워를 하는지 아까부터 물소리가 그치질 않는다. 사방에서 들려오는 소음으로 새삼 벽 너머에 사람이 살고 있구나 하는 생각을 하는 동안 서서히 정신이 든다.

어두운 집 안 한 귀퉁이에서 컴퓨터만 푸른빛을 내뿜고 있을 뿐 움직이는 것이라곤 아무것도 없다. 컴퓨터에서 흘러나오는 파르스름한 빛을 보다가 갑자기 진저리를 친다. 내가 잠든 사이 누가 나의 조건을 수락하고 만남을 시도했는지 살펴보아야 하는데 왠지 채팅창을 들여다볼 마음이 생기질 않는다.

슈미즈 차림의 내 사진 아래로 줄줄이 이어질 시답잖은 댓글을 보는 게 유난히 싫을 때가 있다. 파란빛을 발하는 컴퓨터의 네모난 창에 갇혀 있는 내 모습이 그 댓글들 속에 있었다. 때로는 창 너머로 간절히 손을 내밀고 있는 나를 발견하게 되기도 한다. 신발을 사거나 물티슈 한 박스를 구입하는 것과 다르지 않게 여자를 고르는 고객의 비위를 맞추고 입금을 유도하는 일이 오늘따라 유달리 고되게 느껴진다. 나는 채팅창을 닫고 컴퓨터 전원까지 꺼버린다. 컴퓨터의 네모난 창이 사라지자 순식간에 어둠이 세상을 덮어버린다. 원래 세상이 이렇게 캄캄했던가?

갑자기 심하게 허기가 진다. 생각해보니 요 며칠 통외출을 하지 않았다. 지난 주말 저녁, 나이 든 기능직 공무원과 선을 본 이후 밖에 나갈 일이 없었다. 밖에 나가질 않았으니 먹는 것도 부실했다. 인스턴트커피와 비스킷으로 버틴 게 이틀째다. 아니 사흘인지도 모르겠다. 편의점에라도 가서 먹을 걸 좀 사 와야 할 것 같다. 나는 외투를 걸치고 모자를 깊게 눌러쓰면서 집을 나선다. 문을 열자 복도를 밝히는 조명 사이로 12개의 현관문이 굳게 닫힌 채 도열해 있다. 복도 끝에 있는 엘리베이터로 걸어가는 동안 내 발소리가 빈 복도에 텅텅 울린다.

1층에 멈춘 엘리베이터를 내리려는 순간, 앳돼 보이는 여자애가 빠르게 올라탄다. 근처 고등학교 교복을 입은 여자애는 앞머리를 동그란 롤로 말고 있다. 댄스곡을 듣고 있는지 이어폰으로 귀를 막고 연신 고개를 까닥거리면서도 내게는 알은체를 하지 않는다. 이럴 땐 내가 투명인간이라도 된 건가 싶어 고개를 돌려가며 내 몸을 살펴본 적도 있었지만 이제 익숙한 풍경이다. 욕실 딸린 방 하나와 거실 하나가 전부인 오피스텔에 산다는 건 가족과 함께 살지 않는다는 것, 그리고 이웃이라고 인사를 하는 일이 없다는 게 특징이라는 걸 알기에 어색하지도 않다. 서로의 숨이 섞일 만큼 가까이 서 있더라도 눈을 맞추거나 인사를 건네는 이웃이 있다면 오히려 난감해질 것이다.
　여자애를 흘깃 쳐다보며 엘리베이터를 내리자 의외로 날이 차다. 나는 외투 주머니에 손을 깊이 찔러 넣으며 거리로 나선다. 아무 생각 없이 걸어가다 우뚝 걸음을 멈춘다. 지갑을 두고 온 것이다. 저만큼 편의점에서 불빛이 퍼져 나와 사방을 비추고 있지만 지갑이 없는 한 그 불빛은 무의미하다.

편의점이란 때로 도심의 오아시스가 된다. 늦은 밤, 고졸의 오피스걸이나 위자료를 두둑하게 챙긴 이혼녀 역할을 마치고 택시에서 내릴 때면, 환하게 불을 밝힌 편의점이 이정표처럼 서 있다. 투명한 유리벽 안에는 필요한 물건들이 정갈하게 진열되어 있고 초록색 조끼를 입은 알바는 친절했다. 나는 불빛의 환함에 이끌리듯 편의점 문을 밀고 들어가 비스킷과 컵라면, 스타킹 등속을 산다. 친절한 알바는 내가 계산대에 올려놓는 물건을 하나하나 바코드리더로 찍고 나서 지불할 금액을 말해주고, 결제는 카드로 할 건지 현금으로 할 건지를 선택하게 해주고, 비닐봉지가 필요한지도 물어봐 준다. 하지만 한 번도 어제 사 간 것과 똑같은 물건을 왜 또 사느냐고 물어주지는 않는다. 나중에 안 일이지만 편의점 캐셔에게는 손님에게 사적인 질문을 하지 말라는 매뉴얼이 체인점 본사로부터 하달된다고 했다.

편의점이란 유동인구가 많은 도심에 있기 때문에 창고가 없어 본사가 운행하는 트럭으로부터 실시간 상품을 공급받는다고 한다. 그러다 보니 편의점이 위치한 지역에 따라 빨리 팔리는 상품도 다르고 많이 팔리는 상품도 다르고, 시간대별로도 팔리는 물건이 달라 지점마다 고객의 성향을 분석하는 게 무엇보다 중요하다고도 한다. 고객의 성향을 분석하기 위해서는 계산을 할 때 고객의 성별, 짐작되는 나이 따위를 입력해야 한다는 것이다. 그러면서도 정작 사적인 질문을 해서는 안 된다는 업무지침이 있다는 게 충격이었다. 내가 여자라는 것과 30대라는 것, 그리고 자정이 가까운 시각에 편의점에서 어떤 물건들을 사고 있는지는 낱낱이 살피면서도 정작 나에 대해서는 하나도 관심이 없는 것이다.

나는 바로 앞에서 환하게 빛을 발하고 있는 편의점을 바라보다 힘없이 걸음을 돌린다. 바로 등 뒤에 드문 드문 불이 켜진 창을 품은 오피스텔이 거대한 비석처럼 서 있었다.

치킨이 든 비닐봉지를 내미는 손길이 거칠다. 무례하다고 해야 할지, 무성의하다고 해야 할지, 헬멧을 쓴 채 문밖에서 손만 쑥 내밀어 치킨을 주는 청년은 바빠 보였다. 얼른 주고 다음 배달을 가야 하니 빨리 받으라는 듯 바스락거리며 비닐봉지를 흔드는 게 여간 거슬리지 않는다. 나는 입술을 삐죽거리며 치킨을 받아 든다.

양념이 듬뿍 발린 치킨에 칠리소스까지 뿌리자 입안에 침이 고인다. 오늘도 종일 먹은 거라곤 커피 두 잔과 비스킷 몇 조각이 다였는데 온기가 가시지 않은 치킨이 눈앞에 놓이니 기분이 좋아진다. 적당한 허기까지 있어 맛있게 먹을 수 있을 것 같다.

치킨 한 조각을 집어 들고 막 베어 물려는데 밖이 소란스럽다. 어지러운 발자국 소리와 함께 치익칙 하는 무전기의 수신소음이 들린다. 나는 치킨을 내려놓고 현관개폐기의 화면을 터치했다. 복도를 비추고 있는 화면 속에서 주황색 옷을 입은 119구급대원들이 분주하게 오가고 있었다. 구급대원 두어 명은 마주보고 있는 바로 앞집의 현관문을 떼어내고 있었다. 도대체 무슨 일일까? 설정된 시간만큼 켜져 있던 화면이 툭 꺼진다. 다시 현관개폐기의 화면을 터치하자 구급대원들이 떼어낸 현관문을 비집고 앞집으로 들어가고 있었다. 무전기를 들고 복도에 서 있던 대원이 따라 들어가는 동안 또 치익칙 무전기 소리가 들린다. 무전기에 대고 뭐라고 말을 하고 있지만 무슨 내용인지는 알 수가 없고 계속 치익칙 하는 소리만 들려온다. 아까보다 더 급박하게 돌아가는 듯하다. 현관개폐기의 화면이 또 꺼졌지만 나는 다시 켜지 않는다. 지금 문밖에서는 뭔가 심상치 않은 일이 일어나고 있는 게 분명하지만 알고 싶지 않다. 남의 일에 끼어들어 좋을 건 없을 것이다.

다시 치킨을 집어 든다. 그새 치킨이 미지근하게 식어버렸다. 치킨보다 내 손이 오히려 따뜻하다. 사람의 체온이란 게 생각보다 높은 모양이었다.

소란스러운 소리에 눈을 떴다. 누군가 저벅거리며 복도를 오가는 소리가 나고 물건을 질질 끄는 소리도 들린다. 머리맡의 스마트폰을 터치해서 시간을 확인한다. 아침 8시. 웬만해서는 사람소리가 날 일이 없는 복도에서 두런두런 말소리도 들려온다. 현관 너머에서 들리는 소리가 왠지 섬뜩해 번쩍 잠이 깬다.

카디건을 걸치고 슬며시 현관문을 열어본다. 검은 마스크를 쓴 남자와 손수건으로 복면처럼 코와 입을 가린 남자 둘이 앞집에서 부지런히 짐을 꺼내고 있다. 이사대행업체에서 쓰는 초록색 박스 몇 개가 복도 한쪽에 놓여 있다.

"저… 이 집, 이사… 가나요?"

나는 금기어를 입에 올리듯 조심스럽게 물었다."

"이사는 무슨? 죽은 지 일주일이 지났구만."

나이가 제법 들어 보이는 검은 마스크의 남자가 퉁명스럽게 말했다.

"유족들도 그렇지, 노인네가 목숨줄 놓아버린 지 일주일이 되도록 모르고 있다가, 막상 죽었다니까 기다렸다는 듯이 정리를 해버리니 참…."

두건 쓴 남자가 옆에서 옆구리를 쿡 찔렀다.

"혹시, 머리가 온통 하얀 할아버진가요?"

잘못한 것도 없는데 내 목소리가 떨렸다. 남자들은 더 이상 대답은 해주지 않고 테이프를 붙인 초록색 박스 하나를 더 복도에 내다놓았다. 그리고 천천히 장갑을 벗으며 말했다.

"평생을 산 짐이 이것밖에 안 되는구만."

나는 조용히 문을 닫았다.

아무도 나와 보지 않는 복도에는 12개의 닫혀 있는 현관문이 서 있고, 그 한쪽에 초록색 박스 몇 개가 놓여 있을 것이다.

스톡홀름 신드롬

그 밤, 결국 남자의 가슴에 새겨진 조그만 닻은
여자에게 내려졌다. 침대가 출렁일 때마다
삐걱삐걱 소리를 내던 여관방에서 밤새 여자의
몸속에 닻을 내리던 남자의 품에 여자도
뿌리 하나를 가만히 심어놓았다. 잎사귀를
뜯어내고 또 뜯어내도 때만 되면 새순을 내미는
넝쿨식물의 뿌리.

위태로운 담벼락 아래 낡고 오래된 차들이 다닥다닥 붙어 서 있다. 폐차장인지 주차장인지 분간이 안 되는 더러운 곳이다. 한쪽 벽면 가득 쌓여 있는 쓰레기 하며 고르지 못한 바닥 여기저기에 널린 질척한 물웅덩이. 공기마저도 세균이 득실댈 것 같아 숨을 참고 싶을 정도다. 나는 낡아서 주행이 불가능할 것 같은 트럭 옆으로 차를 몰아넣고는 시동을 껐다. 한숨이 절로 나왔다. 아무리 변두리라지만 이렇게 오래된 건물들이 게딱지처럼 붙어 있는 동네가 아직도 있었다니. 곧 쓰러질 듯한 건물에도 지하가 있고 지하주차장까지 있다는 게 신기할 뿐이다.

좁고 가파른 언덕길을 올라올 때부터 뭔가 잘못됐다
는 생각이 들지 않은 건 아니지만 이건 완전히 속임수
다. 이따위 빈민촌에서 사진전이라니, 웃기는 수작들이
다. 하지만 이 역시 어쩌면 하나의 퍼포먼스인지도 모
르겠다. 하여간 머리 좋은 인간들이 하는 일이란 늘 이
런 식이다.

　가방에서 콤팩트를 꺼내 뚜껑을 연다. 뚜껑에 붙은
작고 동그란 거울 속에 충혈된 눈의 내가 들어 있다.
눈 밑도 거뭇하다. 요 며칠 워낙 스트레스를 받아 그
런가 보다. 분첩으로 눈 밑을 몇 번 찍어 눌러본다. 그
래도 푸석거리는 느낌을 지울 수가 없다. 꼭 일주일 전
피부과에서 받은 필라 시술이 무색할 만큼 지친 얼굴
이다. 아무래도 전체적으로 튜닝을 한 번 할 때가 된
것 같다. 나는 한숨을 쉬며 콤팩트를 닫았다. 대문자 C
가 돋을새김 된 뚜껑이 탁 소리를 낸다. 그냥 돌아갈
까. 갑자기 피로가 엄습해 온다. 호텔 사우나에 가서
한방 마사지나 받을 걸 아무래도 괜히 왔나 보다.

　도대체 그년의 무엇이 남편을 홀린 것일까. 이런 변
두리 빈민가에서 사진전 따위를 여는 여자와 엮이다니

도무지 남편답지가 않다. 나는 시동을 끄고도 한참을 차 안에 앉아 있었다. 아무리 생각해도 나와는 적수가 되지 못할 여자에 대해 관심을 둔다는 것 자체가 스타일 구기는 일이다. 하지만 보란 듯 서재 책상 위에 사진전 팸플릿을 펼쳐두고 있던 남편을 떠올리자 새삼 어떤 여자인지 궁금해진다. 어쨌거나 그 여자가 연다는 사진전까지 왔으니 그냥 갈 수는 없다.

이놈의 건물은 엘리베이터마저 없다. 지하에서 삼 층까지 계단을 오르는 사이 콧잔등에 땀이 맺힌다. 내가 왜 시답잖은 여자 하나 때문에 이렇게 땀을 흘리며 계단을 올라가고 있는지 생각할수록 한심했다. 이 층을 지나 삼 층으로 이어지는 계단참을 막 돌 때였다. 어디선가 술 냄새가 훅 끼쳐온다. 얼떨결에 손으로 코와 입을 막고 위를 올려다보았다. 한눈에 봐도 노숙자가 틀림없는 남자가 계단 중간에 앉아 병째로 소주를 마시고 있었다. 나는 나도 모르게 몸을 뒤로 빼며 뒷걸음을 쳤다. 순간, 남자와 눈이 마주쳐버린다.

"이봐요, 아줌마. 왜 그렇게 놀라? 안 잡아먹을 테니 가던 길 계속 가쇼."

남자가 입을 여는 순간, 머리카락이 쭈뼛 일어선다. 이렇게 가까이에서 노숙자를 보는 건 처음이다. 목덜미부터 소름이 끼쳐 왔다. 한 발 더 뒷걸음을 하자 등에 서늘한 벽이 닿는다. 얼른 몸을 돌려 내려가고 싶은데 이상하게 발이 떼어지지 않았다. 광기를 내뿜으며 이글대고 있는 남자의 눈빛이 계속 나를 쏘아보고 있어서일까. 나는 내려가지도 올라가지도 못한 채 계단참 벽에 등을 댄 채 숨만 몰아쉬고 있다.

"그냥 가던 길 계속 가라니까 그러네. 계단에 사람 좀 앉아 있다고 못 갈 일이 뭐 있어? 안 그래 아줌마!"

남자의 뒷말은 고함이 되어 나왔다. 나는 계속 숨을 몰아쉬었다. 그러면서도 남자의 눈을 피할 수가 없다. 눈을 피하는 순간 그 눈에서 뿜어져 나오는 열기에 발목이 감겨 나뒹굴 것만 같은 숨 막힘. 벽에 거대한 지남철이라도 붙어 있는 것처럼 꼼짝할 수가 없다. 남자의 목덜미를 덮고 있는 머리카락은 기름을 뒤집어쓴 듯 번들거렸고 머리털 속에 파묻힌 얼굴은 짙은 구릿빛이었다. 마치 벌판에 방치된 녹슨 쇳덩이를 마주친 느낌이다. 빤히 나를 내려다보는 남자의 눈이 포효를 참고 있는 야생의 짐승 같다.

"내가 전염병이라도 옮길까 봐 그래? 누굴 인간 백정으로 아나!"

남자는 천천히 일어서더니 계단 한쪽으로 비켜선다. 나는 돌덩이처럼 굳어버린 다리를 겨우 움직이기 시작했다. 머리를 숙이고 어깨를 웅크렸지만 계속해서 남자의 눈을 주시하며 계단을 올라갔다. 외진 곳에서 난폭한 짐승을 만났을 때는 눈을 주시하며 뒷걸음으로 도망가라는 말을 어디선가 들은 것도 같다. 내가 마지막 계단에 발을 올려놓자마자 남자는 다시 계단참에 쪼그리고 앉아 소주병을 잡았다. 그 순간 언뜻 남자의 쇄골 아래로 시커먼 그림이 보인다. 세모꼴의 시커먼 덩어리 같은 게 남자의 가슴팍에 얹혀 있다. 문신인 모양이다. 문신을 보자 더 겁이 난다. 맙소사 문신을 한 노숙자라니. 계단 꼭대기에 발이 닿자마자 재빠르게 몸을 돌려 복도를 향해 뛰었다. 숨도 안 쉬고 뛰었지만 대놓고 위아래를 훑어보던 남자의 눈빛이 따라와 발목에 엉기는 것만 같다.

남자가 보이지 않자 비로소 진저리가 쳐졌다. 샤넬

라인 스커트 아래로 드러난 종아리쯤 끈적거리는 그
눈빛이 눌어붙어 있을 것 같아 부러 구두 뒤축에 힘을
주고 탁탁 소리를 내며 털었다. 처음부터 이따위 사진
전엔 오는 게 아니었다. 그러고 보니 남자는 긴 외투를
입고 있었다. 아직 초가을인데 외투를 입고 있다는 건
옷 속에 뭔가를 숨기고 있기 때문일 것이다. 자세히는
못 봤지만 앞섶이 불룩했던 것도 같다. 도대체 그 속에
뭐가 들었을까. 다시 진저리가 쳐진다. 하여간 하류 인
생들이란.

　누드전이라더니 이건 속임수다. 풍만하다거나 곡선
이 부드럽다거나 아니면 관능적이거나, 뭔가 한 가지
는 있어야 할 게 아닌가. 하다못해 천박한 웃음이라도.
그런데 내가 아는 여체의 아름다움과는 상관없는 한
여자가 사진 속에 우멍하게 들어앉아 있을 뿐이다. 벗
은 채 개 먹이를 주는 여자, 청소기를 돌리는 여자, 반
쯤 감긴 눈으로 담배를 피워 문 여자, 무연히 창밖을
보는 여자…. 옷을 벗었는지 입었는지에 대한 감각마
저도 없다는 듯이 무심하게 여자는 사진 속에서 나를

내려다보고 있었다. 저런 자화 사진을 왜 찍은 걸까? 카메라를 고정해 놓고 함부로 옷을 벗어 던지며 스스로 피사체가 되는 여자를 상상하자 절로 인상이 찌푸려진다. 아무리 봐도 남편과 어울리는 구석을 찾을 수가 없다. 하지만 남편은 지금 저 평범하기 이를 데 없는 여자에게서 헤어나지 못하고 있지 않은가.

남편의 인생이 엘리트 코스를 벗어난 적은 한 번도 없었다. 평범한 교사부부를 부모로 둔 태생치고는 성공적으로 상류사회에 진입한 경우였다. 그것은 우수한 머리 덕분일 수도 있고 그때그때 따라준 운(運) 덕일 수도 있다. 남편이 나를 만난 건 머리가 좋아서일까, 운이 좋아서일까? 고액과외 한 번 받지 않고 국내 최고의 국립대학에 들어간 것이 남편의 타고난 머리 덕분이라면, 국내 최고 사립대학 이사장의 손녀인 나를 만나 결혼한 건 분명 운일 것이다. 어쩌면 그 좋은 머리로 운을 만든 것일 수도 있고.

적당한 낭만과 매너를 갖춘 남편과의 데이트는 늘 즐거웠다. 공학도답지 않게 풍부한 상식을 가진 남편은 언제나 나를 압도했다. 언젠가 한적한 공원벤치에서 남편의 어깨에 머리를 기댄 채 물었다. 오빠는 전공 공부하기도 바쁠 텐데 그 많은 책을 어떻게 다 읽어? 남편은 내 뺨을 살며시 어루만지며 말했다.

"세상의 파도는 험해. 험하고 험해서 작은 보트 하나로는 도저히 건너갈 수 없는 곳이지. 그래서 가진 게 보트밖에 없는 사람은 몸으로 부딪쳐야 돼. 험하다고 피해 간다면 결국 평생 보트밖에 가질 수 없지. 난 요트를 갖고 싶어."

나는 그 말이 얼른 이해되지 않았다. 요트를 가지는데 책을 왜 읽는다는 건지.

"그런데 보트를 요트로 바꾸는 일은 쉽지가 않아. 언제나 긴장되고 고단한 일이지. 공학도라 해서 공학 공부만 한다면 요트 따위는 늘 남의 것이 되고 말 거야."

그 말을 듣는 순간, 나는 나도 모르게 남편의 얼굴을 감쌌다. 그렇게 남편의 머리를 두 팔로 감싸 안고 노을이 지는 도시를 한참 동안 내려다보았다. 지는 해를 배경으로 펼쳐지는 도시는 아름다웠다.

하지만 물이 오른 데이트가 한창이던 무렵, 남편은 느닷없이 유학을 통보해 왔다. 대기업의 유능한 연구

원으로 자리가 잡혀갈 무렵이었다.

"보트를 요트로 바꿀 수 있는 뭔가가 필요해."

남편이 미국의 MIT로 가 있는 동안 나는 패닉을 경험했다. 잘 갖고 놀던 인형이 어느 날 눈앞에서 획 사라져버린 느낌이 어떤 건지 아는 사람은 안다. 도저히 되찾지 않고는 견딜 수 없는 상실감이라 할까, 오기라 할까, 욕망이라 할까. 나는 식음을 전폐했다. 무남독녀의 그런 모습을 보던 가족들은 나의 열정에 감동했다. 자존심 강해 보이던 젊은이에 대해서도 호기심을 갖기 시작했다. 대학의 이사장이던 할아버지는 혼자 힘으로 스펙을 쌓아 돌아오겠다던 남편에게 교수직과 사설연구소장 자리를 제의했다. 남편의 유학기간을 단축시키기 위한 파격적인 조건이었다. 하지만 남편은 그런 제의를 받고도 몇 달을 더 머무르다 돌아왔다. 그 몇 달 동안 나는 어떻게든 남편과 결혼하겠다는 생각 외엔 아무것도 할 수가 없었다. 어쨌든 갖고 싶은 건 가져야 할 것이 아닌가.

나는 다시 앞머리를 거칠게 쓸어 올렸다. 왼손 약지에 끼워진 반지에 걸려 머리카락 몇 올이 빠져나온다.

4캐럿짜리 다이아를 원석 그대로 반지로 만든 건 아무래도 무리였나 보다. 세공을 다시 하는 게 좋겠다. 원석의 느낌을 최대한 살릴 수 있는 내추럴한 디자인으로.

전시회장 한편에 두어 개의 테이블이 놓여 있다. 그 위에는 조잡한 일회용 접시에 담긴 떡이며 김밥, 과자, 음료수 따위가 있고 분홍색 리본에 '자람원 형제들'이라고 쓰여 있는 화환이 옆에 서 있다. 촌스럽고 커다란 화환 아래 놓인 의자에 앉아 수화를 하는 몇 명의 여자애들이 김밥을 주워 먹고 있다. 잘못 봤나 싶을 만큼 얼굴이 화사하다. 휠체어를 탄 아이마저도 더없이 환한 낯빛으로 연신 손가락을 움직여가며 수화를 하고 있다. 도무지 이해할 수 없는 일이다. 저 정도 중증 장애를 갖고 있으면서도 저런 표정을 지을 수 있다니. 뭔가 잘못돼도 크게 잘못되어 있다. 장애까지 있는 주제에 사진전시회에는 뭐 하러 온단 말인가. 나는 못 볼 것이라도 본 양 여자애들을 외면했다.

남편이 골똘히 들여다보던 팸플릿 한 장에 이끌려 여

기까지 온 게 뼈저리게 후회스러웠다. 별것도 아닌 여자 하나 때문에 이게 무슨 꼴인지. 베르사체 신상(新商) 투피스에 프라다 킬힐, 거기에 현지에서 직수입한 구찌 숄더백까지, 구색을 갖춰 입은 게 민망할 지경이다. 남편은 저 여자의 누드를 보면서 무슨 생각을 했을까? 남편도 거추장스럽게 몸에 붙이고 있던 옷들을 벗어버리고 싶었던 걸까? 아니면 옷마저 벗어버리고 무욕(無慾)에 이른 저 여자의 담담함이 부러웠던 걸까?

나는 손에 들고 있던 팸플릿을 조각조각 찢어 나를 내려다보고 있는 여자의 사진에 대고 뿌렸다. 그러고는 턱을 치켜들며 빠르게 걸음을 옮겼다. 하지만 다음 순간, 나는 그 자리에 얼어붙은 듯 꼼짝을 할 수가 없었다. 화환 옆 간이 테이블 앞에 아까의 그 노숙자가 있는 게 아닌가. 남자는 길고 커다란 외투 속으로 재빠르게 과자와 김밥을 챙겨 넣고 있었다. 어찌나 빠른지 마술쇼를 보는 것만 같았다. 남자가 한 움큼의 김밥을 외투 속으로 집어넣고 나서 손을 빼낼 때면, 희고 통통한 비둘기 한 마리가 딸려 나오지나 않을까 싶을 만큼 익숙해 보였다. 한참을 그렇게 남자의 손놀림을 보고 있는데 느닷없이 남자가 내 쪽으로 고개를 돌렸다. 순간 또 눈이 마주쳐버린다. 희뜩 웃어 보이는 남자. 등골에 냉기가 흐르며 오싹 소름이 돋는다.

하루에 노숙자를 두 번이나 보다니, 오늘 일진이 왜 이렇게 사나운지 모르겠다. 하지만 옆에 수화를 하고 있는 여자애들이라도 있어서 그런지 아까 외진 계단에서 보았을 때의 두려움은 웬만큼 사라졌다. 이젠 두려운 것이 아니라 기분이 나빴다. 땟국이 흐르는 손으로 만져댄 김밥을 길거리에 앉아 꺼내 먹을 걸 생각하니 속이 메슥거렸다. 빨리 이곳을 벗어나는 게 상책이다. 노숙자에 장애아에, 꼴사나운 누드 사진전. 더 있다가는 또 어떤 불쾌한 꼴을 보게 될지 모르겠다. 나는 어깨에 멘 구찌 숄더백을 추스르며 성큼성큼 걸음을 옮겼다. 공기 속에 떠 있던 불결한 것이라도 따라올세라 연신 머리며 옷을 털며 전시회장을 빠져나왔다.

삼 층에서 지하로 이어지는 더럽고 좁은 계단을 걸어 주차장으로 내려갔다. 한쪽 벽면이 온통 쓰레기로 가득한 주차장은 아까보다 더 더러워 보였다. 나는 또 한 번 진저리를 치며 차에 시동을 걸었다. 비로소 기분이 좀 나아졌다. 푸조 특유의 중저음 엔진 소리를 들으며 낡고 더러운 건물을 빠져나오자 조금씩 편안한 느낌이 들기 시작했다. 나는 휴대폰을 꺼내 들었다. 그러고는 운전대를 잡지 않은 한 손으로 가볍게 세 개의 숫자를 눌렀다. 112.

"사거리 삼 층 건물 사진전시회에 노숙자가 있어요. 옷 속에 칼을 감추고 있어요. 청각장애가 있는 소녀들 주위를 자꾸만 얼쩡거리고 있는데 심상치가 않아요. 빨리 출동해주세요."

나는 낮고 긴 휘파람을 불었다. 이로써 사나웠던 오늘 일진은 끝이 날 모양이다.

차가 많이 밀린다. 이차선 도로 양옆으로 늘어선 몇 채의 건물 앞으로 낡아빠진 차들이 서 있어 제대로 지나갈 수가 없다. 이 동네에선 그래도 여기가 명색이 번화가인 모양인데 불법 주차된 낡은 차 때문에 도무지 속도를 낼 수가 없다. 공중도덕 하나도 변변히 지킬 줄 모르는 인간들. 하찮은 여자 하나 때문에 이런 인간들 틈에 끼여 좁은 도로에 서 있으려니 더 짜증이 난다.

명품관에 들러 어제 산 페라가모 정장과 어울리는 아이보리 톤의 머플러나 하나 사고 털어버려야겠다. 나는 백미러를 움직여 얼굴이 비치도록 고정하고는 여기저기를 꼼꼼히 살폈다. 눈꼬리를 올리며 살짝 눈웃음을 지어본다. 아래쪽 아이라인 바로 밑에 지방을 주입해 만든 애굣살의 볼륨이 확실히 어리게 보이는 효과가 있는 것 같다. 기분이 좋아진다. 때마침 도로도 뚫리려는지 앞차가 갑자기 속도를 내며 멀어진다.

나는 천천히 사이드 브레이크를 풀고 가속페달에 발을 올렸다. 그 순간 갑자기 차 앞 유리로 뭔가 휙 달려든다. 사람이다. 앞 유리 쪽으로 달려든 사람은 순식간에 조수석 문을 열고 차 안으로 뛰어든다. 그러고는 옆구리 쪽으로 바짝 뭔가를 들이댄다. 칼이다.

"빨리 운전해. 최대한 빨리!"

나는 나도 모르게 가속페달을 밟고 도로를 내달았다. 도롯가에는 여전히 불법 주차된 차가 있었지만 중앙선을 넘어가며 속도를 냈다. 옆구리로 파고드는 얇고 차가운 금속성의 느낌 외에는 아무것도 생각할 수가 없었다. 아, 이제 나는 어떻게 되는 것일까. 옆 눈에

와 닿는 길고 더러운 코트자락, 맙소사! 아까 본 노숙
자가 기어이 내게 칼을 들이대고 있다.

　시내를 벗어나자 남자는 좀 느슨해진다. 바짝 들이
댄 칼에서도 힘을 좀 빼는 듯하고 날이 서 있던 남자
의 숨소리도 차츰 규칙적으로 변해갔다. 하지만 내 숨
소리는 여전히 가팔랐다. 칼을 들이댄 채 인적 뜸한 시
외곽까지 나를 끌고 온 남자의 목적은 무엇일까. 나는
빠르게 머리를 굴려본다. 남편에게 연락해 원하는 만
큼의 돈을 받고 나면 나를 풀어줄까. 풀어준다 하더라
도 해괴한 해코지를 안 한다는 보장도 없다. 만일 남편
이 경찰이라도 데리고 나타나면 나를 찌르고 도망갈
까. 생각이 여기까지 미치자 아래턱이 덜덜 떨렸다. 그
깟 여자가 누드 사진전을 열든 발가벗고 돌아다니든
상관하지 말았어야 했다. 어차피 남편은 한 여자를 오
래 만나는 스타일이 아닌데 내가 너무 예민하게 군 게
화근이 되고 말았다.

　국내 최고의 사립대학에 입지를 마련한 남편은 더 이
상 평범한 사람이 아니었다. 나이에 비해 빠르게 두각
을 드러낸 남편은 남의 평판에 연연하지 않았다. 개교

이래 최연소 학장이 된 후 낙하산이라는 말이 공공연히 돌 때도, 총장보다 스무 살이나 적은 부총장이 되었을 때도 남편은 남의 말에 침묵했다. 다만 그때마다 여자 문제를 일으켰을 뿐이다.

남편의 여자들을 일렬로 세운다면 여자 연예인들의 명단이 될 것이다. 톱모델이나 탤런트를 비롯해서 영화 촬영장 분장사에 이르기까지 남편의 여성편력은 대단했다. 하나같이 젊고 예뻤다. 내가 아무리 피부과와 성형외과를 들락거려도 그 여자들이 가진 젊음을 흉내 낼 수는 없었다. 대학의 이사장 집안에 태어나 부족한 것 없이 자라온 내가 단 하나 가질 수 없는 것이 있다면 그것이었다. 남편의 마음. 그리고 남편의 마음을 사로잡을 젊음과 아름다움.

그런데 이번에 남편과 문제를 일으킨 여자는 지금까지의 부류와 달랐다. 우선, 나이만 하더라도 서른이 훨씬 넘었다. 그다지 예쁘지도 않았고, 집안이 좋거나 직업이 화려한 것도 아니다. 게다가 고아였고, 자기가 자란 고아원에서 일한다고 했다. 한마디로, 무엇 하나 내세울 만한 게 없는 여자에게 남편은 꺼들리고 있는 거였다. 남편은 번번이 여자 문제를 일으켰지만 지금까지 내가 신경을 쓰지 않았던 건, 남편이 한 여자에게 오래 집중하지 않았기 때문이었는데, 이번의 여자는 좀 다른 것이다. 남편이 선물한 명품 가방을 다시 택배로 돌려보내 버리는 여자. 한밤중에 전화를 해 남편에게 치근대지 말라는 말을 당당히 하는 여자. 도대체 어떤 여자일까. 그게 궁금해 이 변두리까지 찾아왔고, 덕분에 웬 노숙자의 인질이 되는 지경까지 이르고 말았다.

"아줌마, 미안하게 됐어요. 갑자기 경찰이 들이닥치는 바람에…. 김밥 몇 줄 슬쩍했다고 감옥 갈 수는 없잖아요? 사실, 나는 지금 집행유예 중이라 몸 사려야 되거든."

맙소사, 전과까지 있는 모양이었다. 온몸이 바짝 오그라들면서 옆구리에 와닿는 칼의 감촉이 더욱 서늘해진다.

남자가 내 어깨를 마구 잡아 흔든다. 아줌마, 일어나요. 흉한 꿈이라도 꾸는 모양이지? 어깨가 흔들리면서 남자의 목소리가 들린다. 나는 잠에서 깨고 나서도 한참 동안 정신을 차리기가 힘들었다. 여기가 도대체 어딜까. 차창 밖으로 희부윰한 빛이 돈다. 깜박 잠이 들었던 모양이다. 주위에 인기척이라고는 하나도 없는 벌판에 차를 세워놓고 노숙자와 함께 있으면서 잠이 들다니 어처구니가 없다.

이태리 직수입 스타킹은 군데군데 올이 나가 있고, 왼쪽 가슴에 달려 있었던 보라색 코사지도 떨어져 나가버렸다. 베르사체 로고 바로 아래 본드가 묻은 핀만 남아 있어 흉물스럽기 그지없다. 나는 얼른 옷핀을 떼어낸다. 그래봤자 보는 사람이라고는 전과를 가진 노숙자밖에 없는데도 남이 볼세라 주위를 살피는 내 꼴이 한심하다.

아줌마 뭘 잠을 그렇게 험하게 자요? 이 좁은 차 안에서. 남자는 입 냄새를 풍기며 생수를 건넨다. 유통기간이 얼마나 지난 것일까? 목이 마른 김에 무턱대고 한참을 마신 후에야 든 생각이다. 토악질이 올라오려 했지만 억지로 숨을 참으면서 속을 가라앉혔다. 남자는 외투 속을 뒤지더니 찌그러진 빵 봉지를 꺼낸다. 외투

160

안주머니에서 얼마나 오래 있었는지 모를 빵은 비닐
채로 눌려 납작해져 있었다. 남자는 부시럭거리며 빵
봉지를 뜯더니 내게로 내민다. 먹어두쇼. 팥빵이야. 울
컥 참았던 토악질이 올라와 버린다.

　남자가 내 등을 두드려준다. 노숙자의 손이 내 몸에
닿다니, 웩웩 소리를 내며 다시 한번 토악질을 한다.

　"아줌만 팥빵 안 좋아하나 보네. 그년은 팥빵만 보면
사족을 못 썼는데."

　남자의 눈빛이 순간 아련해졌다. 먼 데 있는 누군가
에게 이야기하듯 나직하게 말을 이었다.

　남자가 아내 될 여자를 만난 건, 참치잡이 배를 타고
태평양을 떠돌다 막 항구에 내리던 날이었다고 한다.
항구 끝의 호프집 종업원이던 여자가 남자의 술잔에
맥주를 따르다 언뜻 가슴에 새겨진 문신을 본 것이 시
작이었다. 술기운에 단추를 풀어 헤친 남자의 가슴 한
편에 검푸르게 잉크가 번진 닻이 내려져 있었다. 문신
을 새겼을 때보다 살이 붙었는지 닻은 좀 넓다 싶게 옆
으로 벌어져 있었다. 제대로 바닥을 헤집고 들어가 꽂
힐까 싶을 만큼 예리함을 잃고 있었지만 한 번 박히고

나면 다시는 빠지지 않을 것 같은 결기가 서려 있었다.
어마나, 오빠. 이 문신 완전 멋지다. 문신할 때 안 아팠
어? 부러 콧소리를 내가며 셔츠 앞자락을 들추자 남자
는 다짜고짜 여자의 가슴 속으로 손을 쑤셔 넣었다.

"너도 하나 새겨주랴?"

여자는 그의 손목을 붙잡고 허리를 접어가며 간지럼
을 탔다. 술 따르는 생활 십 년이 넘도록 그렇게 거칠
게 가슴을 주물러대는 인간은 처음이었다. 가까스로
가슴에서 그의 손을 떼어내자 이번에는 허벅지를 더듬
으며 치마 속으로 손이 들어왔다. 다시 한번 자지러지
게 간지럼을 타며 다리를 버둥거렸지만 여자가 남자들
틈에 끼여 앉아 술시중을 들던 꼭 그 햇수만큼 바다에
서 그물을 끌어 올린 완력을 당할 수는 없었다.

"내 문신이 마음에 드니? 오늘 네년 몸속에 내 닻이
나 한번 내려볼까?"

거친 숨결을 내뿜으며 자꾸만 파고들던 그때의 남자
는 흡사 여자 속에 닻이라도 내리려는 것처럼 보였다.

그때 여자 역시 어디든 땅속 깊이 뿌리를 박고 그만
무거운 몸을 내려놓고 싶었다. 서른다섯을 넘기면서부

터 단란주점 더러운 소파에 앉아 거들먹거리는 손님으로부터 퇴짜 맞는 날이 표나게 늘기 시작했다. 눈가 주름을 감추느라 꼼꼼히 파운데이션을 덧바르고 콤팩트를 찍어 눌러 손님방에 들어갔다가도 초이스를 받지 못하기 일쑤였다. 좀 더 영계 없냐! 그럴 때마다 마담언니는 말은 안 했지만 여자의 뒤통수에 대고 눈을 흘겼다. 손님에게서 퇴짜를 맞고 카운터 뒷방에서 빼어 문 담배에 채 불도 붙이기 전에 마담언니가 와서 데려가던 젊은 애들의 팽팽한 엉덩이. 스물을 갓 넘긴 그 애들이 여자의 어깨를 부딪고 방금 여자가 쫓겨난 손님방으로 들어갈 때마다 여자도 이제 그만 어딘가에 뿌리를 내리고 싶다는 생각에 눈물이 나곤 했다. 그러다 결국 항구도시의 호프집에서 낮에는 신세한탄을 하고 밤에는 술을 따랐다.

그 밤, 결국 남자의 가슴에 새겨진 조그만 닻은 여자에게 내려졌다. 침대가 출렁일 때마다 삐걱삐걱 소리를 내던 여관방에서 밤새 여자의 몸속에 닻을 내리던 남자의 품에 여자도 뿌리 하나를 가만히 심어놓았다. 잎사귀를 뜯어내고 또 뜯어내도 때만 되면 새순을 내미는 넝쿨식물의 뿌리.

도로를 면하고 있는 여관방의 창틈으로 밤사이 뜸하던 자동차 소리가 다시 시끄러워지기 시작할 무렵, 또 품을 파고들던 남자에게 여자가 말했다.

"난 이 문신이 좋아. 이걸 보면서 잠들었는데 깨자마자 또 볼 수 있어서 기뻐. 자꾸 보고 있으니까 마음이 편안해져."

그 말이 채 끝나기도 전에 남자는 온몸을 부르르 떨며 사정을 했다. 여자의 자궁 속으로 작고 단단한 닻 하나가 소리 없이 박힌 것이다.

이야기를 마친 남자의 눈 끝이 떨렸다. 애잔하게 울려 퍼지던 목소리도 쇳소리를 냈다.

"지구 끝까지라도 쫓아가서 내 그년을 잡을 거야. 그년을 찾아서 이 칼로 목을 따버릴 거야. 그년 죽이고 나도 그 자리에서 뒈지면 그만이야. 이깟 세상 아무 미련도 없어. 하지만 그년 찾을 때까진 어떻게든 버텨야 돼. 감옥에도 못 가. 언젠가 그년 고향 집에 찾아갔다가 특수강도로 잡히기도 했지. 그냥 가택불법침입일 뿐인데 강도가 돼버린 것도 칼을 품고 있었기 때문이지. 그때 실형을 받고 집행유예로 풀려나긴 했지만 그 딴 건 아무래도 좋아. 죽어도 그년 찾아내고 죽을 거란 말이야!"

어느샌가 남자는 또 칼을 꺼내 들고 있다. 어제 산동 네에서부터 줄곧 내 옆구리에 들이대고 있던 남자의 칼이 새벽빛을 받으며 희번뜩인다. 섬찟, 또 한 번 심장 이 오그라든다.

"이제 돌아가야 하지 않을까요? 이런 벌판에 언제까 지나 있을 수는 없잖아요."

짐짓 평온한 목소리로 내가 말하자 남자는 다짜고짜 시동을 켜더니 거칠게 라디오 주파수를 맞춘다. 지지 직 전자음이 신경질적으로 쏟아지는 채널을 마구 눌러 대다 뉴스가 나오자 가만히 귀를 기울인다. 국회의 파 행 소식과 주가 하락, 그리고 고속도로의 연쇄추돌 사 건이 차례로 보도되고 일기예보가 끝날 때까지 남자 는 칼을 쥔 손에 힘을 주며 골똘히 뉴스를 듣고 있었 다. 아마도 나를 인질로 잡고 달아난 사건이 나오는지 를 열심히 듣는 모양이다. 뉴스가 끝나고도 남자는 라 디오를 끄지 않는다. 인질극에 관한 보도가 없는 것이

더욱 불안한지 연신 채널을 바꾸면서도 칼을 놓지 않는다. 아, 도대체 어떡해야 이 남자로부터 빠져나갈 수 있을까.

어제 아침 집을 나서기 전 욕조 가득 아로마 버블을 풀어 몸을 담글 때만 해도 이런 일이 벌어질 줄은 상상도 못 했다. 불과 하루 만에 나는 지옥을 경험하고 있다. 어이가 없지만 사실이다. 나는 지금 강도 전과가 있는 노숙자에게 인질로 잡혀 있고 허허벌판에서 도움을 요청할 길은 전무하다. 비밀리에 경찰이 나를 구출하는 작전을 펴고 있을지는 모르지만 그건 누군가가 신고를 했을 경우다. 지금쯤 남편은 내가 없어진 걸 알기나 알까. 안다면 어떤 마음일까. 끊었던 담배를 피워 물며 초조하게 나를 찾으려고 애를 쏠까. 아니면 거액의 재산을 그대로 두고 사라졌으니 로또 당첨이라도 된 기분일까. 명색이 남편인데 이런 위기 앞에서 마음을 추측하기 힘들다는 사실에 몹시 쓸쓸해진다. 결국 나는 지금까지 허깨비를 끌어안고 살았단 말인가?

남자가 갑자기 라디오 볼륨을 높인다. 뜻밖에도 소

프라노 여가수의 노래가 흘러나온다. 모차르트 오페라의 아리아였다. 목소리가 어찌나 맑은지 저절로 차창 밖의 하늘로 눈이 간다. 하늘 모서리에 걸려 있는 구름 한 조각. 포슬포슬한 백설기를 한 바구니 모아둔 듯 포근하게 보인다. 오래 보고 있었더니 눈이 시리다. 눈을 깜박이자 기어이 눈물이 흐르고 만다. 옆구리로 느닷없이 칼이 들어오고 노숙자와 함께 밤을 보내면서도 흘리지 않은 눈물이 노래 한 소절에 주루룩 흘러버리고 만다. 입술을 깨물며 눈을 감는다. 감은 눈 사이로 자꾸만 눈물이 비어져 나온다. 옆구리에 칼을 겨누고 있는 남자만 아니라면 지금쯤 녹차 잎을 띄운 욕조에 누워 저 음악을 듣고 있었을 텐데.

"아줌마, 나도 이 음악 알아. 쇼생크 탈출이라는 영화에 나오지."

남자도 가만히 눈을 감는다. 의자 등받이에 머리를 뉘며 본격적으로 음악 감상이라도 할 모양이다. 맙소사, 인질범 주제에…. 어이가 없다.

"나도 그년이랑 데이트라는 걸 했어. 팔짱을 끼고 시내를 걸어보기도 했고 길거리에 서서 떡볶이를 사 먹기도 했지. 읍에 있는 레스토랑에 가서 스테이큰가 뭔가 하는 고기도 썰어 먹어봤어. 한 주먹도 안 되는 고 깃조각이 더럽게도 비싸더만. 그러다 어느 비 오는 토 요일엔 영화를 본 거야. 쇼생크 탈출. 살인죄로 복역 중이던 주인공이 간수 몰래 스피커에 대고 이 음악을 켜주더군. 수감생활에 지친 죄수들이 일제히 음악에 귀 를 기울이는 동안 그곳은, 뭐라 할까. 천국 같았어. 온 통 회색뿐이던 감옥 구석구석 이 노래가 울려 퍼지는 거야. 느닷없이. 모두들 하던 일을 멈추고 그 천국의 소리를 듣는 장면에서 나도 모르게 그년의 손을 잡았 어. 그년이 울고 있더군. 어찌나 사랑스럽던지. 내게도 그런 때가 있었지."

남자가 눈을 감고 이야기를 하는 동안 나는 바짝 긴 장을 한다. 칼을 내 손안으로 옮겨 쥐기만 한다면 여기 를 빠져나갈 수 있을지도 모른다. 저 칼을 빼앗아야 한 다. 갑자기 심장이 빠르게 뛰기 시작했다. 남자가 지그 시 눈을 감고 이야기를 이어가는 동안 나는 남자를 향 해 살금살금 손을 뻗었다. 칼을 쥐고 있는 남자의 더러 운 손. 어떻게든 단번에 저걸 빼내야 한다. 손안에 땀이 찼다. 나는 손바닥을 치마에 비벼 닦으며 마른침을 삼킨다. 꼴깍 침 넘어가는 소리에 내가 놀란다. 남자는 웅얼웅얼 이야기를 이어가고 있고 나는 다시 칼을 향해 손을 뻗는다. 그때였다. 음악소리가 뚝 멈춘다. 동시에 시동도 꺼져버린다. 나는 얼른 손을 감춘다. 음악을 듣는 사이 기름이 다 소진되었나 보다. 어제부터 주유표시등에 불이 들어와 있었지만 그것까지 신경 쓸 겨를이 없었다. 남자는 꿈에서 깬 듯 몽롱한 눈빛이다. 그러면서 실눈을 뜨고 나를 본다. 게슴츠레한 눈빛이 끈적거린다. 그 눈빛을 타고 여러 개의 발이 달린 벌레들이 내게로 건너올 것만 같다. 나도 모르게 인상을 찌푸리며 괜히 옷자락을 여민다.

"그, 그… 여자는, 지… 지금 어디… 있어요?"

칼을 쥔 남자의 손이 부르르 떨린다. 그 서슬에 심장이 또 오그라든다.

"뱃놈이 배에서 내리고 나면 할 게 뭐 있겠어? 술 마시고 노름하고 계집질하고…. 그러다 돈 떨어질 때쯤 다시 배 타고 나가서 몇 달이고 막막한 바다 위를 떠돌아다니지. 그년은 결국은 떠나더군. 노름도 지긋지긋하고 술도 지긋지긋하다며 악다구니를 써대더니 흔적도 없이 사라져버린 거야. 해적을 만나 죽을 고비를 넘기고 겨우 돌아왔는데 말이야. 그게 벌써 이 년 전이야."

"그 여자 만나면 어… 어떻게 할 거예요? 정말 주… 죽일 거예요?"

나는 곁눈질로 날렵하게 끝이 벼리어진 칼을 보며 진저리를 쳤다. 남자는 칵 하고 가래를 끌어올리더니 차창 밖으로 길게 침을 뱉는다. 그러고는 다시 한번 게슴츠레 나를 본다. 소름이 쫙 끼쳐온다.

"아줌마, 아줌만 뭐 먹고 싶은 거 없어?"

나는 멀뚱히 남자를 쳐다봤다. 느닷없이 먹고 싶은 거라니.

"특별한 생각이 떠오를 때 특별히 먹고 싶어지는 거 말이야"

남자가 길게 한숨을 쉰다.

"난 그년 만나면, 제일 먼저 팥빵을 사줄 거요. 그년은 팥빵만 보면 환장을 하거든. 자다가도 벌떡 일어나 팥빵을 세 개나 처먹고 다시 자더라니까, 흐흐."

남자의 목소리가 다시 아련해진다.

"그년이나 나나 워낙 가난한 집구석에서 자라다 보니 제대로 된 밥 한 끼 못 얻어먹고 살았는데 어디 빵이란 걸 제대로 구경이나 했겠어? 그년이 그럽디다. 중학교 때 제과점에서 팥빵을 훔치다 걸렸는데 그게 제일 친하게 지내던 친구 년 집이더래. 그 길로 학교고 집이고 버리고 나와서 술집을 전전했는데 그 뒤부터 집 생각이 날 때마다 팥빵을 사 먹는다더군. 아버지가 죽었다는 소식을 듣고도 그년은 집에 갈 생각은 않고 울면서 팥빵을 처먹더구만. 모진 년."

남자가 다시 깊고 길게 한숨을 쉰다. 긴 숨 끝에 언뜻 형언할 수 없는 뭔가가 매달려 있다. 쓸쓸함 아니면 그리움, 혹은 연민 같은 것. 그러면서 남자는 또 눈을 감는다. 눈꼬리 옆으로 긴 주름들을 만들면서 다시 길게 날숨을 뱉는다. 흡사 그리운 무엇인가를 불러오기라도 할 듯 간절한 호흡이다.

남자가 눈을 감자 팽팽하던 긴장감이 좀 누그러진다. 손에 칼을 쥐고서도 꿈을 꾸듯 평온히 눈을 감는 남자. 이번엔 내가 길게 한숨을 쉬어본다. 지금 나는 여기서 무엇을 하고 있는가. 화장을 지우지도 못하고 하지도 못한 채 밤이 지나갔다. 군데군데 올이 나간 스타킹과 갈아입지 못한 속옷. 코사지가 떨어져 나간 투피스와 부스스한 머리하며, 도무지 나 같지가 않다. 지금껏 한 번이라도 이런 험한 꼴을 해본 적이 있었던가. 속옷부터 양말까지 마음에 안 드는 걸 걸쳐본 적이 나는 없다. 피부과 테라피와 네일아트를 걸러본 적도 없고 마음에 드는 신상이 나오면 망설임 없이 사서 입었다. 그런데 지금 내 몰골이 이게 뭔가. 노숙자와 있다 보니 덩달아 노숙자가 되어가는 것만 같다.

남자는 여전히 눈을 뜨지 않고 있다. 여자를 추억하는지 미간에 깊은 주름을 새기면서 고집스럽게 눈을 감고 있다. 남자의 손에는 여전히 칼이 쥐여 있지만 왠지 위협적이지 않다. 시간이 지날수록 칼에도 노숙자에게도 익숙해지는가 보다. 나도 모르게 내 눈도 감긴다. 중학교를 중퇴하고 술을 따르던 여자, 그리고 해적과 싸워가며 바다를 떠돌던 남자가 만나 팔짱을 끼고 다니는 그림을 떠올려본다. 그들이 함께 영화를 본다는 건 어떤 걸까? 음악적 소양이라고는 눈곱만큼도 없는 남녀가 모차르트의 오페라를 들으며 눈물을 흘릴 수도 있는 걸까? 그 아리아가 사랑이 식어버린 남편의 마음을 되돌리기 위해 아내가 눈물로 편지를 쓰는 내용이라는 건 알고나 울었을까?

천박한 화장을 하고 껌을 씹어가며 남자와 팔짱을 끼고 걸어가는 여자. 주위 사람이 듣거나 말거나 큰소리로 까르르 웃어대는 여자의 뒷모습을 상상하자 불쾌해진다. 명색이 사진전이랍시고 걸어두었던 사진 속 벗은 여자의 당당한 표정도 마찬가지다. 온몸에 명품을 감고서도 한 번도 지어보지 못한 그런 표정을 벌거벗은 여자는 짓고 있었다. 천박하기 이를 데 없는 그런 여자들이 오페라 음악을 듣고 눈물을 흘리다니. 감히 사진전을 열다니. 도무지 인정할 수가 없다. 잘못돼도 한참이나 잘못돼 있다.

나는 코사지가 떨어져 나간 베르사체 투피스의 앞자락을 추스르고 구두를 바로 신는다. 발이 부었는지 프라다 구두가 발을 조인다. 조여드는 발끝으로부터 알 수 없는 아픔이 천천히 나를 에워싸면서 멈추었던 눈물이 다시 볼을 타고 내린다. 뭔지 모르게 자꾸만 억울해진다. 서러움인지도 모르겠다. 최상류층만 가질 수 있는 명품들에 둘러싸여 있으면서도 늘 고독하던 내 모습이 무심하게 나를 내려다보던 누드와 겹쳐진다. 한 번 눈물이 솟기 시작하자 봇물이 터진 듯 걷잡을 수가 없다. 직수입된 명품으로 치장하고 있으면서도 짝퉁 취급을 받는 것만 같다.

어쩌면 남편도 어느 날 갑자기 인생이 통째로 짝퉁이 되어버린 느낌이 들었을까? 한 번 목표를 향해 달려들기 시작하면 결코 멈춤을 모르던 남편도 그래서 그 여자가 필요했을까? 무시하려 해도 무시되지 않는 그런 여자.

이해할 수 없지만, 천박하게 화장을 하고 껌을 씹는 여자보다 내가 더 천박한 것만 같고 고아 출신의 여자보다 내가 더 외로워 보인다. 정말 이해할 수 없지만 나는 자꾸만 그런 생각이 든다.

남자는 그사이 잠이 든 건지 어느새 고른 숨소리를 내고 있고, 칼을 쥔 손에는 힘이 빠져 있다. 빨리 저 칼을 빼앗아야 하는데…. 몸 어딘가가 묶여 있기라도 한 듯 움직일 수가 없다. 벌어진 셔츠자락 사이로 보이는 남자의 닻을 보면서 나는 하염없이 눈물만 흘리고 있다.

잊히고 있는 집

어항 속은 평화로워 보였다. 아침마다 조그만
스푼으로 먹이를 떠서 넣어주기만 하면
언제까지나 평화롭기만 할 곳이었다.
그러나 한 방울의 이물질이라도 섞여 들면 그
고즈넉한 평화는 지극히 불안해진다. 단 한
방울만으로도. 그리고 그것은 서서히 어항을
잠식해간다. 건망증 따위로 외면할 수 있는 게
아닌 것이다.

또 떨어졌나 보다. 나는 베란다 난간의 제일 낮은 단을 밟고 서서 아래를 내려다보았다. 역시였다. 아침나절 내내 삶아서 널어두었던 빨래들이 열어둔 창문 너머로 또 날아가 버렸다. 베란다 밖으로 고개를 내밀자마자, 허리를 숙일 것도 없이 벚나무 가지에 걸려 있는 흰색 팬티가 눈에 들어왔다. 화단의 잔디 위에는 분홍색 수건이 펼쳐져 있었고 흙이 묻은 채로 뒹굴고 있는 옷가지들도 있었다. 베란다에 빨래를 널 때는 알루미늄 새시로 된 창문을 닫아야 한다는 걸 나는 또 잊고 말았다. 아들 녀석 말대로 머리가 나쁘면 손발이 고생한다는 걸 또 한 번 증명한 셈이다. 그냥 팔을 뻗어스르륵 닫기만 하면 되는데 그게 뭐가 어려워서 번번이 이렇게 잊어버리는 건지. 하긴 건망증 때문에 손발이 고생하게 되는 게 어디 빨래뿐인가. 건망증 환자가 흔히 그렇듯이 전화기나 지갑이 냉장고 속에서 나오는 건 그래도 나은 편이다. 머리를 감다 보면 샴푸액을 묻히기 위해 머리를 적신 것인지, 샴푸액을 헹구느라 머리를 물에 담그고 있는 것인지를 모를 때가 있다. 어떤 땐, 밥을 챙겨 먹고 빈 그릇을 치우려는데 싱크대 속에 똑같은 설거짓거리가 들어 있기도 했다. 조금 전에 식사를 했다는 걸 잊어버리고 먹어야 살지, 그렇게 중얼거리며 또 한 번 남은 반찬에 밥을 비벼 먹은 결과다. 심지어 화장하고 옷 갈아입고 문단속까지 잘하고 택시를 탔는데 어디를 가느라 나선 길인지 몰라 당황할 때도 있었다.

나는 다짜고짜 옆에 세워져 있던 우산을 집어 들고 베란다 밖으로 몸을 기울였다. 난간의 한쪽에서 휘청하는 느낌이 무겁게 전해져 왔다. 아무래도 난간을 한 번 손봐야 할 것 같다. 나는 베란다 밖으로 몸을 숙인 채로 고리처럼 생긴 우산 손잡이를 아래로 향하게 하고 꼭지 부분을 손바닥으로 감싸 쥐었다. 그러고는 3층 높이로 웃자란 벚나무 가지를 향해 팔을 뻗었다. 낚시를 하듯이 팬티를 낚아 올려 보려는 요량이었지만 팔과 우산을 뻗어낸 길이만으로는 닿질 못했다.

이십 년 전 아파트를 지을 때, 다른 건 몰라도 이 나무만큼은 손대지 말라는 주민들의 요구 때문에 가지 하나도 부러뜨리지 못했다는 벚나무였다. 이 마을 당산나무가 왜 하필 벚나무가 되었는지야 내 알 바 아니지만, 워낙 기형적으로 잘 자란 나무라 혹시라도 4층의 우리 집까지 올라오지나 않을까 걱정이었다. 그나마 다행인 건 살짝 비켜 서 있어 채광에는 별 지장이 없다는 것인데, 문제는 번번이 빨래를 날려 가지에 걸어두고 마는 내 건망증이었다.

나는 까치발을 돋우며 더 깊이 허리를 숙였다. 그나마 한 뼘 더 좁혀지긴 했지만 팬티를 낚아 올리기엔 아직도 짧았다. 여전히 발뒤꿈치를 돋운 채로 손바닥으로 감싸 쥐었던 우산꼭지를 손끝으로 잡아 억지로 길이를 늘여보았다. 원래 우산이 이렇게 무거웠던가? 손가락 끝으로 우산을 잡고 있기란 생각보다 버거웠다.

이젠 길이의 문제가 아니라 무게를 감당할 수 없게 되어버렸다. 게다가 발끝으로 몸을 지탱한다는 것도 쉬운 일은 아니었다. 순간 손끝이 허전해진다 싶더니 어디선가 퍽 소리가 들렸다. 결국 우산을 놓쳐버린 것이다. 갑자기 중량감에서 놓여난 내 팔은 허공에서 튀어 올랐다. 적당히 기분 좋은 탄성이었다. 역시 버티는 것보단 놓아버리는 편이 편한가 보다.

나는 베란다 난간에 상체를 걸치고 다시 아래를 내려다보았다. 떨어질 때의 방향대로라면 분명 우산은 세워진 채 내리꽂히거나 만화에서처럼 펼쳐져서 천천히 바람을 타고 내려가고 있어야 했다. 하지만 화단 가장자리에 반듯하게 누워 있는 우산에는 4층이나 되는 높이에서 떨어진 흔적이라곤 없었다. 어제도 그제도 바로 그 자리에 그렇게 있었던 것처럼 천연덕스럽기 짝이 없었다. 아무 일도 없었던 것처럼 뻔뻔하게 화단 한가운데 자리를 잡은 우산을 보자 왠지 식은땀이 난다.

손등으로 이마의 땀을 훔치며 나는 빨리 방충망을 다시 달아야겠다고 생각했다. 내년이면 재건축 공사가 착수될 아파트기에 구석구석 곰팡이가 슨 방충망을 떼어버린 게 작년이었다. 제대로 여닫을 수가 없을 만큼 귀퉁이가 틀어져 있어 떼어버렸더니 툭하면 빨래가 날아간다. 눈에는 거슬렸지만 그래도 무용지물만은 아니었던 모양이다. 나는 새시로 된 난간 여기저기를 살펴보았다. 녹을 닦아낸 자국들이 낫지 않는 부스럼 딱지처럼 군데군데 얼룩져 있었다. 바닥에서 허리 높이까지 세로로 줄지어 서 있는 안전대들을 흔들자 난간 전체가 둔중한 느낌으로 끄떡거렸다. 아무래도 지지대를 고정한 못이 빠져나간 모양이었다. 그렇다면 큰일이었다. 저녁에 남편이 돌아오면 돈이 좀 들더라도 수리를 하자고 해야 할 것 같다.

화단에 떨어진 수건은 탁탁 털어서 가지고 올라와 또 빨면 된다. 하지만 벗나무에 얹힌 속옷은 방법이 없다. 이미 수건이며 양말짝들이 가지 여기저기에 매달려 있는 판에 이번엔 팬티까지…. 저절로 얼굴이 화끈거렸다. 그렇지 않아도 금방 잊어버리겠지만 더 빨리 이런 내 모습을 잊고 싶어 나는 창문을 거칠게 닫았다. 쾅 소리가 나면서 닫혔던 문이 도로 반쯤 열려버렸다. 느린 동작으로 다시 창문을 닫았다. 소음이 갑자기 차단되면서 낮게 이명이 울렸다.

오늘 아침 아들 녀석은 아침을 거르고 학교에 갔다. 늦잠을 잤다거나 배탈이 났다거나 해서가 아니었다. 아이가 아침을 굶고 간 것도 순전히 내 잘난 건망증 탓이었다.

"엄마, 내 실내화 어디 갔어?"

아침상을 봐 놓고 콩나물국을 막 푸려는데 아이가 부엌으로 불쑥 뛰어 들어와 한 말이었다. 글쎄…. 잘 좀 생각해봐요, 어떻게 했어요? 아이는 없어진 실내화가 내 탓인 걸로 이미 단정 짓고 있었다. 그렇지만 나는 실내화를 손댄 기억이 없었다.

"경훈아, 우선 밥부터 먹어. 먹고 있으면 엄마가 찾아볼게."

"됐어요. 그냥 갈 테니까 오늘 새 걸로 하나 사다 놓으세요. 꼭요!"

아이는 식탁 쪽은 쳐다보지도 않고 신발부터 꿰찼다. 급한 마음에 현관 밖까지 따라 나가 아이를 잡아보려 했지만 녀석은 이미 계단을 밟아 내려가는 중이었다. 아이의 중얼거림이 계단을 타고 올라왔다.

"내일은 책가방 속에서 국자가 나오겠군."

국을 푸다가 나온 내 손에는 국자가 들려 있었다.

방금 내린 커피 한 잔을 들고 식탁 앞에 앉았다. 갑자기 모든 게 멈춘 것 같은 편안함이 나를 에워쌌다. 부드럽고 조용한, 뭐랄까 볕 잘 드는 빈집 마루에 앉은 먼지를 보고 있는 것 같은 고요. 나는 한 손으로 턱을 괴고 식탁 한편에 놓인 어항을 바라보았다. 열대어들이 게으르게 움직이고 있었다. 지난봄, 남편과 아이와 함께 놀이동산에 갔다가 오는 길에 샀던 열대어종 구피였다. 치마를 입은 것처럼 예쁜 물고기라며 수족관에 붙어 서서 한참을 떨어지지 않던 아이에게 남편은 이 열대어를 사주었었다. 자, 네가 고른 물고기니까 네가 한번 키워보렴. 어항과 열대어를 차에 싣고 나서 물고기 사료가 든 조그만 캔을 내밀며 남편이 아이에게 한 말이었다. 그리고 물고기는 식탐이 많아서 주는 대로 먹으니까 먹이를 많이 주면 배가 터져 죽는다며 아들에게 심각한 표정을 짓기도 했었다. 아들 녀석은 열대어들에게 일일이 이름까지 붙여주더니 사나흘쯤은 아침저녁으로 먹이를 뿌려주었다. 하지만 새로 다운받은 게임에 정신이 팔려 열대어들은 금방 잊어버렸다. 어쩌다 한 번씩 먹이를 주지 않아도 잘 사는구나, 하는 눈으로 쳐다볼 뿐 게임만큼 좋아하는 기색은 없었다. 자연히 열대어들은 내게서 먹이를 얻어먹게 되고, 밤이 되면 어항에 설치된 조그만 형광등을 켜는 일도 내 몫이 되고 말았다. 매사에 잊기를 잘하는 내가 열대어 먹이 주는 일만큼은 잊지 않으니 신기한 일이었다. 당신이 잊지 않는 일도 다 있군. 남편도 그렇게 핀잔인지 칭찬인지 모를 말을 몇 번인가 했었다.

한참 어항 속을 들여다보고 있자니 갑자기 한기가 끼쳐 왔다. 사방이 지나치게 조용했다. 집안에 사람이라곤 나 혼자였고 TV나 라디오도 켜지 않았으니 조용한 건 당연했지만, 이건 조용함을 넘어선 불안함이었다. 음모가 숨어 있을 것만 같은 아슬아슬한 정적. 나는 갑자기 두려워졌다. 분명히 뭔가 있을 거야. 나는 재빨리 내가 또 잊고 있는 것이 무엇인지 점검하기 시작했다. 공과금을 내는 날도 아니고 학부모 모임이 있

는 날도 아니고…. 누군가의 생일이나 제사가 오늘이
었나? 그것도 아니었다.

시곗바늘 움직이는 소리가 들릴 만큼 긴장된 시간
이 지나가고 있었다. 역시 그랬다. 오늘은 목요일이었
다. 백화점 문화센터에서 수지침 강의가 있는 날. 거실
벽에 걸린 원목 시계는 벌써 열 시 이십 분을 가리키고
있었다. 맥이 탁 풀렸다. 그래도 서두르면 많이 늦지는
않을 것 같다. 나는 발딱 몸을 일으켜 화장대로 달려갔
다. 한 손으로 머리를 추스르며 손에 잡히는 대로 립스
틱을 찾아 발랐다. 민낯에 바르고 있는 와인색 립스틱.
립스틱을 바르고 있는 내 모습이 거울에 비쳐지자 왠
지 손에서 힘이 쭉 빠졌다. 내게 이런 립스틱이 있었던
가? 섬뜩한 느낌이 들면서 가슴이 아파왔다. 느닷없이
복잡한 마음이 되면서 울컥 울음이 넘어오려 했다. 이
유를 모른 채 나는 숨을 참으며 거울을 들여다봤다.

와인색 립스틱을 바른 거울 속 내 모습은 낯설었다.
전혀 알지 못하는 얼굴 하나가 거울 속에 동그랗게 떠
있었다. 나는 화장대에 놓인 티슈 한 장을 뽑아 좀 전
에 발랐던 립스틱을 지우기 시작했다. 입술 선 밖으로

벌그죽죽한 색이 퍼져 있는 얼굴이 거울 속에서 슬프게 나를 보고 있었다. 아예 처음부터 바르지 말 걸. 하다가 지운 화장만큼 보기 흉한 것도 없을 것이다.

엘리베이터에서 내려서자마자 급한 걸음을 내디디며 시계를 보았다. 이미 이십 분이나 늦어 있었다. 나는 강좌가 진행되고 있는 문화센터의 뒷문을 살며시 열고 자리로 가 앉았다. 뽀글뽀글한 파마머리 둘이 흘끗 돌아봤지만 나의 출현이 강의에 방해가 된 것 같지는 않았다.

"수지침을 시술할 때 가장 중요한 요소 중의 하나는 평인지맥(平人之脈)을 유지하는 일입니다."

강사는 내가 침구를 꺼내 놓기를 기다렸다는 듯이 침봉을 흔들어 보이며 말했다.

"요즈음 같은 세상에 평인지맥을 유지하고 산다는 건 참 어려운 일이죠? 그러나 아무리 바쁘게 변해가더라도 평인지맥을 유지하기 위해서는 늘 한결같은 마음, 즉 평상심을 지녀야 합니다. 마음이 균형을 잃지 않아야 모든 것이 조화를 이루는 법이지요. 자, 그럼 오늘은 임기맥의 상응점을 찾아 시침해보기로 하겠습니다."

아! 평상심. 나는 새삼스럽게 강사의 얼굴을 쳐다보았다. 저이는 과연 언제 어디서나 평상심을 유지하고 있을까? 음양오행의 원리대로 순환하고 있다는 혈맥을 짚어가며 꼼꼼히 시범을 보이고 있는 강사가 왠지 새롭게 보였다. 사실 세상살이에 제일 중요한 게 변하지 않는 마음, 바로 평상심 아닐까? 순간 왠지 모를 한기가 훅 끼쳐 왔다.

어느새 강의가 끝났는지 여기저기서 웅성대며 침구를 챙겨 넣고들 있었다. 무슨 내용이었는지도 모르게 두 시간이 후딱 지나가 버렸다. 정중하게 허리를 숙여 인사를 하고 나가는 강사의 뒷모습을 눈으로 좇으며 나도 손바닥에 꽂힌 자잘한 침을 떼어냈다.

가방을 들고 막 일어서려는데 수강생 대표 원이엄마가 마이크를 잡더니 오늘 회식하자는 말을 했다. 배도 고픈 참이었는데 잘 됐다 싶었다. 아이가 돌아오려면 아직도 세 시간이나 남아 있었다. 아이 생각을 하자 퍼뜩 실내화가 떠올랐다. 다행이었다. 집에 가는 길에 아파트 상가에 들러 실내화를 사 가야지. 나는 무리 지어 나가는 수강생들의 뒤를 따라나섰다.

식당 안은 시끄러웠다. 침봉을 흔들어가며 진지하게 수지침을 배우던 모습은 온데간데없고, 두서없는 수다와 왁자한 웃음을 쏟아내기에 바쁜 수강생들 틈에 끼어 있자니 괜히 왔다는 생각밖에 들지 않았다.

"이봐요. 경훈엄마, 자기는 언제 봐도 똑같아. 사람이 말이야, 한 번씩은 좀 변한 모습도 보여주고 그래야지. 아무리 양귀비라도 똑같은 얼굴 날마다 보면 지겨운 법이거든."

원이엄마는 들고 있던 맥주를 한 번에 들이켜더니 빈 잔을 내게로 쑥 내민다. 대낮에 술이라니. 나는 손사래까지 쳐가며 사양을 했다.

"경훈엄마, 그러지 말고 자기도 한 번쯤 변해보라니까. 그래야 신랑도 딴생각을 안 하는 거라구. 내 말 무슨 뜻인지 알겠지?"

원이엄마는 말끝에 눈까지 찡긋해 보인다. 순간 정수리에서 뭔가가 찌르르 소리를 내며 가슴까지 타고 내려오는 것 같았다. 한때 남편은 유난히도 나를 안고 싶어 했다. 같은 회사를 다니며 다른 직원들 몰래 데이트를 즐기던 무렵에는 점심시간에도 옥상으로 불러내 아슬아슬한 스킨십을 하곤 했다. 그러고 나면 근무시간 내내 그 손길이 느껴져 고개를 들지 못하기도 했다. 그렇게 퇴근을 하고 나면 남편은 또 어딘가로 데려가 기어이 속옷을 벗겨내기 일쑤였다. 그러던 남편이 각방을 쓰기 시작한 건 언제부터였을까?

나는 원이엄마가 내민 맥주잔에 술을 따라 벌컥벌컥 소리를 내면서 마셨다.

식당을 나오면서부터 가슴께가 뻐근해 왔다. 어디가 근질대는 것도 같고, 괜히 무릎이 좀 후들거리는 것도 같았다. 그것은 아파트 상가로 달려가 닥치는 대로 찬거리들을 살 때도 마찬가지였다. 오늘만큼은 어제 먹던 콩나물국을 다시 데워 멸치볶음과 김치만으로 저녁 식탁을 차리지는 않으리라. 상가 식품코너에서 백 그램에 칠천 원이나 하는 갈비를 담으면서도 망설이지 않았다. 냉동이 아닌 생새우를 골랐고 와인도 한 병 집어 들었다. 마개가 코르크로 되어 있지 않아 그런지 소주보다 그다지 비싸지도 않았다. 아주 특별한 저녁을 만들어야지. 어느새 나는 콧노래까지 흥얼대고 있었다.

쇼핑카트를 밀고 식품코너를 돌아 나오려는데 뭔가가 자꾸 뒷덜미를 잡아끌었다. 돌아봐도, 늘 보던 그대로 식품매장 맞은편의 화장품코너 아가씨와 속옷코너 아가씨가 수다를 떨고 있을 뿐 별다른 건 없었다. 카운터 옆에 카트를 세우고 물건들을 계산대에 올리면서 또 한 번 뒤를 돌아봤다. 마찬가지였다. 그러나 한 번 더 뒤를 돌아보고 나서 머리를 돌렸을 땐 달랐다. 계산대에 서서 열심히 단말기에 숫자들을 찍어대던 아가씨가 참을 수 없다는 듯 양 볼 가득 웃음을 물고 말했다.

"정말 죽여주는 팬티죠? 오늘 아침부터 저기 걸려 있었는데 열이면 열 안 쳐다보고 간 사람이 없다니까요."

내가 서 있는 바로 뒤쪽 속옷코너 진열대를 턱짓으로 가리키던 아가씨는 무슨 극비사항이라도 되는 양 내 귀 가까이로 바짝 입을 갖다 대더니 다시 속삭였다. 야광이라 밤에 보면 더 죽인대요. 이 아가씬 말끝마다 죽이지 않으면 안 되는 모양이다. 아닌 게 아니라 죽이긴 죽이겠다. 속옷이라기보다는 몇 가닥의 끈이라 해야 옳겠다. 도대체 저런 걸 누가 입는담. 어릴 때부터 줄곧 삶을수록 하얘지는 흰색 속옷이 아니면 안 입는 나로서는 저런 것이 있다는 것 자체가 이해되지 않았다. 나는 몇 번씩이나 쳐다본 것만으로도 민망한 듯이 얼른 계산을 끝내고 종종 걸음을 쳤다. 그러나 다음 순간 발을 딱 멈추고 되돌아섰다. '아무리 양귀비라도 똑같은 얼굴 날마다 보면 지겨운 법이거든.' 원이엄마의 목소리가 쟁쟁 되살아났다.

재빨리 장바구니에 팬티를 넣고 상가를 나오려는데 누군가가 알은체를 했다. 상가 입구의 신발가게 주인이었다. 야한 속옷을 산 게 들키기라도 한 양 나는 인사도 하는 둥 마는 둥 상가를 빠져나왔다. 그러고 보니 뭔가 더 살 게 있었던 것도 같은데… 신발가게 주인을 보자 머릿속에 밝은 빛 하나가 지나가는 것 같았다. 그러나 그런 건 지금 중요한 게 아니었다.

뭐부터 손을 댈까? 식탁 위에다 되는 대로 장바구니를 올려놓는 마음이 급했다. 우선 밀가루를 묻혀 새우를 튀기는 틈틈이 야채를 씻고, 나물을 데치고 나면 바로 국을 끓일 수 있도록 생선을 손봐야 한다. 그사이 아이가 학교에서 돌아오면 버터 바른 토스트와 우유 한 잔을 먹이고, 양념에 절여둔 갈비도 뒤집어야 할 것이다. 남편은 원래 육식을 즐기는 편이 아니지만 내가 만든 갈비찜만큼은 곧잘 접시를 비워낸다.

가끔 늦은 저녁을 먹으며 남편과 술잔을 주고받을 때 나는 행복해진다. 남편과의 결혼이 특별히 행복할 건 없지만 불행한 것도 아니었다. 남편도 그럴 것이다. 그런데 그걸 가끔 잊을 때가 있다. 그래서 때때로, 이를테면 내 건망증 같은 게 문제가 되었을 때 서로에게 필요 이상으로 화를 내게 된다. 그러다 납득되지 않을 만큼 무관심해지기도 한다. 마주보고 있으면서도 투명인간이 된 듯 서로를 통과해버리기도 한다. 건망증이 마치 바이러스성 전염병이라도 되는 양, 숫제 말 한마디 건네 오지 않은 지도 꽤 오래다. 남편과 마주 앉아, 같이 일했던 회사 직원들 얘기를 해본 게 언제 적 일인지 모르겠다. 팔짱을 끼고 함께 외출을 해본 것도. 망연한 시선으로 물끄러미 집 안을 둘러보고 있는 날이 많은 남편에게 가족이란 어떤 것인지 궁금할 뿐이다.

　찬거리들을 주섬주섬 챙기고 있으려니까 초인종이 울렸다. 아들 녀석이었다. 녀석은 가방을 벗어 놓기가 무섭게 컴퓨터로 달려가더니 벌써 게임에 빠져들고 있었다. 날이면 날마다 모니터만 들여다보고 있는 게임이 그렇게도 재미있을까? 나는 아이의 뒤통수에 대고 눈을 흘기고는 비닐봉지에서 양파를 꺼내 들고 껍질을 벗기기 시작했다.

　남편은 병원에 가보라는 말을 대여섯 번쯤 했다. 대체로 걱정보다는 짜증이 많이 섞인 말투였다. 출산 때 마춰 후유증일 거야, 그러면서 내 눈을 피하곤 했다. 가끔 술을 마시고 들어온 날이면 알 수 없는 눈빛으로 나를 보며, 미안하다느니, 그래도 그럴 수 있느냐느니, 어쨌거나 가정은 지켜야 하지 않겠냐느니, 이상한 말을 하기도 한다. 그런 말끝에는 꼭 빨리 잊자는 말을 덧붙인다. 하지만 여전히 나를 바라보지는 않았다. 우리는 투명인간이 되어 또 서로를 통과하는 것이다.

　서른아홉 해를 살면서 내 정신이 문제가 될 거라곤 꿈에도 생각해본 적이 없다. 여상을 졸업하자마자 취업을 하고 팔 년 동안 직장생활을 하면서 적어도 머리가 나빠 못 해낸 일은 없었다. 게다가 꾀를 부려본 적도 없었기에 늘 성실하다는 말을 들어왔었다. 따지고 보면 남편과 연애를 하게 된 것도 그런 성실함 때문이었다. 직장의 창사기념 행사에서 회식을 하면서부터 직속 상관이던 남편과 연애를 시작하게 되었으니까. 그 무렵 남편은 곧잘 이런 말을 했었다. 아무리 먼 길을 갔다 오더라도 넌 늘 그 자리에 있을 거야. 널 볼 때마다 그래서 안심이 돼.

내 정신이 깜빡거리기 시작한 것이, 남편 말대로 정말 마취 후유증 때문일까? 임신 중독 증세가 심각한 산모였던 나는 정상 분만이 어려웠다. 다행히 제왕절개 수술은 별 탈 없이 끝났지만, 문제는 보통의 경우보다 한 시간쯤 늦게 마취에서 깨어난 데 있었다. 밖에서 기다리던 남편은 담배를 두 갑이나 피웠다고 했다.

그날, 배를 갈라 아이를 꺼내면서 몸이 찢기고 발리는 동안 내 의식은 어디를 헤매다 온 것일까? 마취 주사를 맞고 내가 센 숫자는 일곱까지였다. 그리고 내 의식은 몸과 상관없는 세계를 돌아다니다가 마취 후유증을 대동하고 다시 몸속으로 돌아왔다. 그 후 두어 번 병원에 가 건망증 얘기를 의사에게 했지만, 마취나 수술에는 아무 문제가 없었다는 말만 듣고 돌아와야 했다. 시간이 지나면 차차 괜찮아질 겁니다. 의사의 얼굴에는 별일도 아닌 걸 가지고 괜한 호들갑이라는 표정이 역력했다. 하지만 그때는 아이가 열 살이 된 지금까지 이렇게 심각한 건망증에 시달릴 줄은 몰랐었다.

그러나 정말 마취 후유증만으로 사람이 이렇게 망가질 수 있는 것일까?

어느새 여섯 시가 넘어가고 있었다. 곧 남편이 돌아올 텐데, 아직 덜 다듬은 나물이며 생선이며 그대로 식탁 위에 널려 있었다. 하지만 이러고 있을 때가 아니었다. 우선 급한 건 샤워였다. 저녁상은 좀 천천히 차리더라도 빨리 샤워를 끝내고 몸단장을 해야 했다. 나는 다듬고 있던 미나리와 쑥갓을 내려놓고, 아까 산 끈팬티를 꺼내 들고 욕실로 갔다.

젖은 머리를 수건에 닦으며 거울 앞에 앉았다. 맨몸에 타월만 두른 내 모습을 거울로 보며 마지막으로 남편과 잠자리를 가진 게 언제인가를 떠올려보려 했지만 기억이 나지 않는다. 오래돼서 기억을 못 하는 건지 건망증 때문인지는 알 수가 없다. 하지만 거울 속에 들어 있는 또 하나의 나를 보는 순간, 왠지 섬뜩한 느낌과 함께 눈물이 난다. 억울하기도 하고 슬프기도 하면서 알 수 없는 감정들이 복받쳤다.

얼굴에 스킨과 로션을 바르고 귓불에 살짝 향수를 뿌렸다. 향수를 뿌리자 기분이 좀 나아졌다. 이제 드라이어로 머리를 말린 다음 신혼여행 때 입었던 잠옷을 꺼내 입을 차례다. 끈팬티와 향수, 거기에 와인까지. 모든 게 완벽했다.

그때 갑자기 초인종 소리가 났다. 남편이 온 모양이다. 날 듯이 현관으로 달려 나갔다. 남편의 놀라는 모습을 빨리 보고 싶었지만 나는 되도록 천천히 문을 열었다. 안전 고리를 풀고 잠금장치를 돌리는 동안 저절로 미소가 번졌다.

"당신, 어디 아파? 초저녁부터 웬 잠옷을 입고 난리야!"

남편은 나를 제대로 한 번 쳐다보지도 않고 말했다.

정말 아찔한 순간이었다. 이게 아닌데, 내가 원했던 건 이게 아닌데…. 그러나 더 믿을 수 없는 일이 일어난 건 그다음이었다.

남편은 집 안을 한 번 둘러보더니 어이가 없다는 듯 나를 쳐다봤다. 그러고는 고개를 절레절레 흔들며 방으로 들어가 버렸다. 남편이 굳은 얼굴로 둘러보던 것처럼 나도 집 안을 돌아봤다.

거실 바닥에는 아이가 먹다 둔 빵 조각이 뒹굴고 있었고, 식탁 위에는 양파며 당근, 미나리 따위가 널려 있어 시골 장터를 방불케 했다. 밀가루와 범벅된 새우들이 흩어져 있었고 그사이로는 싱크대에 올려둔 비닐봉지에서 흘러내린 비릿한 물이 바닥에 지도를 그려놓고 있었다. 난장판이 따로 없었다. 나는 눈을 감아버렸다. 나도 알 수 없는 일이었다. 도대체 왜 이렇게 된 건지. 꽉 깨문 입술에서 달착지근한 피 맛이 느껴졌다. 그때 아빠의 기척에 방에서 나온 아들 녀석이 말했다.

"엄마, 내 실내화는 사 왔어?"

아! 이대로 땅속으로 꺼져버렸으면.

오도카니 식탁등 하나만 켜둔 집안은 정물처럼 조용했다. 밖에서 들여다본다면 집안의 가구나 집기는 물론 나까지도 그렇게 보일지 모르겠다. 정물처럼. 꼭 움직임이 없어서라기보다는 생기가 다 빠져나가 버린 그런 느낌. 나는 식탁 의자에 앉은 채 무릎을 가슴으로 끌어당겨 동그랗게 몸을 말았다. 그리고 양팔을 엇걸어 내가 나를 싸안았다. 참았던 눈물이 볼을 타고 흘러내렸다. 어디서부터 잘못된 것일까? 아무리 생각하고 또 생각해봐도 내가 잘못한 게 뭔지 알 수가 없었다. 뭔지는 모르지만 자꾸만 억울했다.

나는 천천히 일어나서 냉장고 문을 열었다. 아까 사온 와인이 보였다. 와인을 꺼내 목을 비틀어 뚜껑을 땄다. 힘들게 코르크를 따지 않아도 되는 미국산을 사길 잘했다. 하지만 필요 이상으로 손아귀에 힘을 주었던지 뚜껑을 따고 나서도 손이 한참이나 돌아갔다. 나는 왜 만날 이런 식일까? 적당한 힘만 주고 적당히 비틀면 될 걸. 나는 냉장고 앞에 선 채로 와인병에 입을 대고 마셨다. 독한 술이 식도를 타고 넘어가는 게 그대로 느껴졌다. 혀끝에 남아 있는 뒷맛이 썼다. 아니 단맛인지도 모르겠다. 이 와인을 다 마시고 나면 마지막에 남는 게 단맛일까, 쓴맛일까? 한 번 더 병을 들어 입술에 댔다. 꿀꺽 소리가 났다.

나는 다시 식탁 앞에 앉았다. 오늘 아침과 똑같은 모습이었다. 달라진 게 있다면 김이 피어오르는 커피 대신 싸구려 와인이 놓여 있다는 것뿐, 내 자리는 언제나 정해져 있다. 싱크대와 제일 가까운 자리. 갓 구은 생선을 발라주고 나서 손을 씻기에도 편하고, 따뜻한 국을 더 떠주기에도 제일 편한 자리.

하지만 지금, 나는 이 자리가 몹시 불편하다. 나는 정말 한 번도 다른 자리에 앉아보지 않았던 걸까? 순간, 섬뜩 뭔가가 머리를 치고 지나간다. 딱 한 번, 맹세코 딱 한 번이었다.

과장은 꽃과 와인을 들고 찾아왔다. 줄기를 짧게 자른 검붉은 장미가 비닐 포장지에 싸여 있었다. 나는 과장과 눈을 맞추지 못한 채 식탁으로 안내하고 커피를 내왔다. 과장은 하필이면 식탁 안쪽의 내 자리로 가서 앉았다. 나는 어쩔 수 없이 내 자리를 내주고 맞은편 의자에 앉아야 했다. 남의 집에 와 있는 느낌이었다.

평소와 다르지 않게 출근한 남편이 뜬금없이 출장을 간다는 문자를 보내올 때부터가 시작이었다는 걸 나는 알아야 했다.

"여보, 나 며칠 출장 가 있을 거야. 기다리지 마. 준비 없이 나오느라 중요한 서류를 두고 왔는데 오늘 밤 과장님이 그거 가지러 집으로 갈 거야. 대접 잘 해드려야 해."

그날 아침 남편의 행동은 누가 봐도 이상했다. 생각해보면 전날 밤, 아들이 1박 2일 견학간다는 말을 했을 때부터였던 것 같다. 아들의 여행 가방을 꾸려주며 낯빛이 어두웠던 게, 생전 처음 가족과 떨어져 밤을 보낼 아들에 대한 걱정만은 아니었다는 걸 나는 알았어야 했다. 밤새 잠을 이루지 못하고 담배만 피워댄 이유가 뭔지, 도대체 무슨 생각을 하고 있는 건지 따져물었어야 했다.

기어이 남편은 집을 비우면서 과장을 내게로 보냈다. 대대적인 구조조정이 시행되면서 남편이 퇴직자 명단에 올라 있다는 걸 귀띔 받았을 무렵이었다. 1차 명단을 작성한 과장이 회식 자리에서 농담 삼아 내가 그

의 첫사랑이라 했던 말을 남편은 흘려듣지 않았던 것
이다. 남편과 결혼하지 않았으면 과장이 내게 프러포
즈를 했을지도 모른다는 말도. 사원 가족 자격으로 참
석했던 창사기념 파티에서 '내게 시집오지 그랬어?'라
며 농담을 하던 과장 옆에서 남편은 복잡한 표정을 풀
지 않았었다. 그리고 기어이 촌스러운 꽃다발과 와인
을 들고 과장이 집으로 왔다.

눈을 감자 식탁 아래로 흩어지던 검붉은 장미와 그
위로 쏟아지던 와인이 떠오른다. 깨진 와인잔을 치우
려던 내 손을 잡던 과장의 축축한 손바닥 감촉도 생생
하다. 남편의 문자를 받고 나서 울면서 샤워를 하던 기
억, 그리고 망설이다 와인색 립스틱을 바르며 또 한 번
눈물을 흘리던 기억까지 다 생각난다. 유리 조각을 밟
지 않도록 도와주겠다며 덥석 나를 안아올리던 손길과
나를 안은 채 침대로 가는 동안 내뿜던 숨결, 어서 이
모든 과정이 끝나고 평상심으로 돌아가기만을 기다리
는 동안 듣고 있었던 침대 삐걱거리는 소리….

왜 이 순간, 그 모든 것이 생각나고 마는 걸까? 그때
부터 시작된 내 건망의 버릇이 왜 하필이면 지금 멈추

는 걸까?

식탁 한쪽에 놓인 어항 속에서는 여전히 열대어들이 느리게 움직이고 있었다. 어항 속은 평화로워 보였다. 아침마다 조그만 스푼으로 먹이를 떠서 넣어주기만 하면 언제까지나 평화롭기만 할 곳이었다. 그러나 한 방울의 이물질이라도 섞여 들면 그 고즈넉한 평화는 지극히 불안해진다. 단 한 방울만으로도. 그리고 그것은 서서히 어항을 잠식해간다. 건망증 따위로 외면할 수 있는 게 아닌 것이다.

베란다 창문을 열자 기다렸다는 듯이 바람이 확 몰려들었다. 온몸에 오소소 소름이 돋았다. 건너편 동에 드문드문 불 켜진 창문들이 보였다. 이렇게 늦은 시각까지 불을 켜 두고 있다는 건 나만큼이나 외로운 사람이 또 있다는 건지도 모르겠다. 그들도 잊어야만 살 수 있는 뭔가가 있는 걸까? 나는 불이 켜진 창문 하나를 향해 침을 뱉었다. 내 입술에서 튕겨져 나간 침은 짧은 포물선을 그리다가 어둠 속으로 곤두박질쳐 갔다. 다시 침을 뱉었다. 또 한 번. 또 한 번⋯. 내가 뱉은 침들은 똑같은 모양을 그리면서 아래로 떨어졌다. 그리고 어둠 속에 묻혀버렸다.

나는 침 뱉기를 그만두고 아래를 내려다보았다. 아침에 날려버린 팬티가 벚나무 가지에 깃발처럼 걸려 있었다. 아, 그런데 그 옆에 저게 뭘까? 나는 어둠을 향해 상체를 깊이 숙였다. 그리고 미간을 좁혀 눈의 초점을 모았다. 제법 세찬 바람이 불고 있음에도 미동도 없이 가지 사이에 꼭 끼어 있는 흰색의 뭉치. 그건 아이의 실내화였다. 아! 그랬었지. 이제야 생각이 났다. 어제 오후에 아이 가방을 열어보다가 실내화를 꺼내 씻었지. 그리고 물을 빼느라 욕실에 잠깐 엎어놓았다가 베란다 창턱에 옮겨두었었지. 바람이 많이 부니까 빨리 마르라고. 어쩌면 그렇게 까맣게 생각이 안 났을까? 이제라도 생각 난 게 기뻐서 나는 작은 소리로 웃었다. 웃을 때마다 눈가로 눈물이 주르륵 흘렀다. 실내화를 건져 올려야 해. 그래야 내일 아침엔 아이가 제대로 밥을 먹고 학교에 갈 테니까.

나는 얼른 다용도실로 뛰어 들어가 남편의 낚싯대를 꺼내 왔다. 끝이 부러져서 쓸 수 없게 된 지 오래지만 버리기도 마땅치 않아 처박아두었던 낚싯대였다. 두 손을 차례로 허벅지에 문질러, 손바닥에 고인 땀을 닦고 낚싯대를 잡았다. 그리고 조심스럽게 새시 난간의 제일 낮은 단을 딛고 서서 벚나무를 향해 낚싯대를 뻗었다. 나는 몸을 한껏 밖으로 기울여 나뭇가지 사이의 실내화 쪽으로 낚싯대의 끝을 겨누었다. 바람이 불고 있어 자꾸만 낚싯대가 흔들거렸지만 눈을 크게 뜨고 팔에 힘을 주었다. 어떤 일이 있어도 실내화를 되찾아야 해. 바람에 머리카락이 날리자 온몸에 서늘함이 끼쳐왔다. 순간, 난간 한쪽에서 커다란 움직임이 느껴졌다. 아, 그렇지! 새시를 고쳐야 하는데….

그러나 다음 순간 세상의 모든 벽들이 무너지는 듯한 소리가 들리더니 별안간 앞이 캄캄해졌다. 웬일인지 내 몸이 중력을 잃고 공중에 떠 있다는 느낌도 들었다. 하지만 무슨 일이 일어났는지 도무지 알 수가 없다. 그냥 앞이 캄캄하다는 것밖에는….

해설

사랑, 감정 복원과 회복의 서사
-오영이의 소설 세계

정미숙(문학평론가)

1. 네 고통은 보이지 않는다

소설가 오영이의 신간 소설집에 수록된 6편의 소설은 작가의 지속적 관심인 가족 혹은 가정 부재의 문제를 집중적으로 심화하고 있다. 가족 안에서 일어날 수 있는 폭력과 소외의 문제를 이토록 끈질기게 서사화하는 경우를 찾기란 쉽지 않은 일이다. 소설의 면면은 인간의 영혼을 파고드는 상처와 우울이 가족 안에서 배태된 기억과 감정에서 비롯된 치명적인 슬픔임을 치열하게 증언한다. 오영이는 너무 가까이 있어 보이지 않는 가족/가정의 부조리하고 은폐된 문제점을 상이한 시점 전략을 통하여 또렷하게 그려낸다.

「촉법소년」, 「펭귄의 이웃들」이 취하고 있는 유년시점은 부모와 어른의 방기에 속수무책 노출된 소년 화자의 상처와 고통을 섬세하게 읽어낼 수 있는 전략으로 유용하다. 「아무도 모른다」, 「잊히고 있는 집」에서는 문제적 가정을 꾸린 결혼 당사자 남녀를 소환하는데 주로 여주인공 화자를 통하여 전개한다. 집이 곧 여성, 기억이 곧 사람이라는 놀라운 사실을 환기하며 가정과 가족의 긴밀한 관계를 역설한다. 「조건만남」, 「스톡홀름 신드롬」에서는 더 이상 가족도 가정도 보이지 않는다. 모래성에 가까운 신기루 가정이라는 공간에 머물러야 할 이유를 묻고 있다. 문제는 삶의 진정성이다. 가정과 가족 너머 진실되고 인정적인 인간관계와 이를 영위할 힘은 본인 당사자에게서 나온다는 오랜 진실은 소설의 곡진한 방향성이다.

오영이 소설의 가족은 사랑하지 않는다. 사랑의 방법을 모르거나 사랑을 잃어버린 사람들이다. 최소한의 배려도 하지 않는 부모 앞에서 아이들은 곧 폭력에 노출된다. 가족을 만들 역량이 부족한 이들이 만든 가정은 부서지기 쉬운 위태로운 공간으로 떠돈다. 불행의 원초적 기원이 가정인 셈이다. 오영이는 최소한의 가족 개념도 구축하지 못한 가정 속에서 가장 힘든 존재가 아이들임을 잊지 않는다. 이해할 수 없는 가족의 문제는 먼저 유년시점을 통해 시작된다. 자신의 상처를 알기가 쉽지 않다. 미성숙한 작중인물들은 제대로 모르는 까닭에 질문할 이유도 말할 필요도 느끼지 못한다. 그래서, 상처는 지속되고 상처 입은 영혼은 안으로 안으로 스러진다.

「촉법소년」의 화자는 할아버지 집에 얹혀사는 청소년이다. 아버지의 폭력으로 소년의 어머니는 집을 떠났고 아버지는 재혼한다. 할아버지 집에 맡겨진 소년은 어머니가 그리우나 만날 수 없고, 아버지를 찾아가면 외면당한다. 양육비를 제때 받지 못해 불만인 할아버지는 '혹덩이'인 손자가 못마땅하다. 할아버지는 당신의 규칙적인 연애 생활을 위하여 추운 겨울에 손자를 반드시 밖으로 내몬다. 할아버지와 부모를 비롯한 그 누구도 소년의 고통을 헤아리지 않는다. 그의 성장과 결핍은 간과된다. 끼니를 대충 정크푸드로 때우는 소년은 늘 허기를 느끼고 결국 할아버지의 여자친구인

정 여사의 지갑에 손을 댄다. 할아버지는 소년을 폭력으로 처벌한다. 완고한 노인은 손자에 대한 애정도 양육지침도 갖고 있지 않다.

할아버지는 정 여사의 얘기가 채 끝나기도 전에 내 뺨을 후려쳤다. 맞을 때마다 느끼는 거지만 막상 아프다는 감각보다는 놀라기부터 한다. 아픈 건 그다음이다. 연속해서 맞다 보면 아예 아픈 단계는 생략되고 얼얼하거나 무감각해진다. 할아버지는 팬터마임을 하듯 조용히 오른쪽 왼쪽 교대로 내 뺨을 때렸고, 정 여사는 팔짱을 낀 채 그 광경을 지켜보고 있었다. 마치 음소거를 해놓고 보고 있는 티브이처럼 비현실적인 장면이었다.

아이의 생활과 정서에 관심이 전혀 없는 그에게 손자를 위한 배려나 사랑을 기대하기는 어렵다. 그저 아이를 윽박지르기만 하면 바르게 커나갈 줄 아는 모양이다. 체벌도 손자를 위한다기보다는 여자친구 앞에서 자신의 체면을 지키기 위한 행위에 가깝다. 소년을 향한 폭력은 전반적이고 일상적이다. 아버지는 아들(소년)에게 어머니 부재 상황에 대해 설명하거나 위로하지 않는다. 자신을 찾아온 아들에게 돈을 건네며 보내거나 정강이를 걷어차며 사라지길 종용할 뿐이다. 아버지는 자신의 안위만을 생각한다. 아이가 어른들에게 배운 것은 폭력과 처벌 뿐이다. 화자가 촉법소년이 된 것은 이러한 학습결과이다. 자신의 영역을 침범하려는 자들에겐 할아버지와 아버지가 자신에게 그러하듯이 단호하게 대처하고 냉혹하게 처리해야 한다고 이해했을 법하다.

엄한 규칙과 그것을 어긴 것에 대해서 벌을 주는 양육법은 아이들에게 강한 도덕성을 심어주기 위해서이지만 결과는 정반대로 드러난다. 예상과는 달리 통제 불능의 공격적인 아이들은 권위주의 양육법의 산물일 수 있다. 소년은 가정 내외부에서 폭력과 범죄의 가능성에 노출되어 있다. 늘 배는 고프고, 부모를 비롯한 이웃 어른들의 시선은 멀다. 돈을 훔치며 허기를 채우고, 발각되면 맞을 수밖에 없다. 그래도 멈출 수 없다. 허기를 감당하기는 어렵기 때문이다. 소년은 돈을 요구하는 무리에 맞서 뺏기지 않기 위해 샤프로

상대방의 눈을 찌르고 돈을 지킨다. 그리고 촉법소년
이 되었다.

촉법소년이 되어도 별달라진 것은 없다. 아버지의 아
파트에서 다시 만난 여동생을 유괴하고 방치함으로
써 죽음에 이르게 한 것이다. 아이는 당장의 곤경을 피
하기 위해 범죄를 저지르며 상황을 모면하는 것밖에
는 알지 못한다. 「촉법소년」에서 소년의 범죄는 할아
버지-아버지로 이어진 폭력이라는 질병의 감염으로 볼
수 있고 소년이 소녀(여동생)에게 저지른 '유기'와 '방임'
은 아버지와 할아버지가 자신에게 행한 방식을 그대로
닮았다. 놀이터에서 소년을 대하던 아줌마들의 사시적
(斜視的) 시선도 견디기 힘들었을 것이다. 소년은 여자
애를 유괴하면서 원망과 결핍을 상쇄하고 고통을 되돌
려 주고 싶었는지 모른다.

아이가 어머니와 함께 산다면 달라질까? 문제는 양
육의 질이다. 「펭귄의 이웃들」의 화자 역시 어린 소년
이다. 아직 초등학교 입학을 못 한 초등학생 나이의
남자아이는 엄마와 둘이 산다. 무심한 아버지는 집을
떠난 후 연락이 없고 무능한 어머니는 두려움에 떨고

있다. 어머니는 양육 부담과 경제적 압박을 못 견뎌
한다. 돈이 없어 아이를 학교에 보내지도 못한 어머니
는 집에서 잠만 잔다. 그러다가 울기도 하고 아이 목
을 조르다가 자신의 머리를 벽에 박기도 한다. 밥상을
차리는 법도 없다. 급기야 아이는 어머니의 지갑에 손
을 댄다.

  오영이 소설에서 가정은 이토록 불안정하고 황량하
다. 가정은 대개 안전하고 따뜻하고 보호받을 수 있는
장소이다. 이-푸 투안에 따르면 가정은 허기와 갈증,
휴식, 출산 같은 생물학적 욕구가 충족되는 가치의 중
심지이다. 투쟁하지 않고 경계하지 않아도 우리의 권
리를 확신할 수 있는 가장 작은 '내부 원'이다. 그러나
이런 소박한 믿음은 「펭귄의 이웃들」에선 존재하지 않
는다. 가출과 학업 중단, 임신과 출산의 결과인 그들의
결혼은 비행 청소년의 무책임한 결합 그 이상도 이하
도 아니다. 부모의 개념도, 악착같은 모성도 없다. 아이
러니하게도 어머니의 슬픔을 덜어주기 위해 아이가 자
신의 감정을 다스리며 분주할 뿐이다. 무력한 아이는
눈치만 빨라지고 버림을 받지 않으려 발버둥 친다. 아

이 역시 계속 폭력에 노출된다면 범죄를 저지를 수 있다. 벌써 배고픔에 굴복해 어머니의 지갑에 손을 대기 시작했고 상황이 달라지지 않는다면 아이의 삶은 더욱 황폐해질 것이다. 아이러니하게도 가정이 폭력과 범죄의 터전인 셈이다. 아이의 부모 역시 부모로부터 제대로 된 양육을 받지 못했다. 안정된 애착을 부정하는 관계가 신뢰와 책임을 길러주지 못함은 사실이다.

부모에게서 기본적인 보호와 신뢰를 받을 수 없었던 아이는 애착 회피로 신뢰가 결여되고 다른 사람과의 긍정적인 관계를 갖기 어렵다. 애착 회피는 다른 사람을 향한 존경과 책임이 결여되고, 많은 경우 반사회적 혹은 범죄적 행동과 분노를 일으키게 한다. 애착과 회피가 교차하는 불안한 경험은 양면가치 애착이라는 제3유형의 애착을 만들어낸다. 성장한 다음 다른 사람에게 양가적 행동으로 버림받음을 두려워하고 대인관계에서 자신을 책임지지 못하는 무능으로, 그리고 부모를 향한 지속적인 분노와 상처라는 형태로 나타난다. 양면가치 애착은 어머니가 아이에게 하듯이 고통스러운 징벌(순종을 강화하기 위해 목을 조른다든지)과 극단적인 애정(엄마는 너를 사랑한다며 우는 것)을 표출하는 것에서 알 수 있다.

아이 역시 촉법소년으로 변하거나 자신의 아버지처럼 무책임한 남성이 될 가능성이 높다. 아이가 사랑의 상호교류를 갈망할 때 그것을 부정하는 것은 힘, 자신감, 그리고 자립심을 길러주지 못한다는 이론을 상기할 필요가 있다. 부모와 안정된 애착 속에 살게 된다면 아이는 자립적이고 책임감 있으며, 사회적으로 잘 적응하는 자신감을 가질 수 있을 것이다. 아이와 우울과 공포에 빠진 아이의 어머니, 모자를 이대로 방치한다면 버티기가 힘들 것이다. 아이는 이웃의 관심을 절실히 원한다. 아주 작은 원의 세계 가운데 하나는 우리의 이웃이다. 진정한 이웃은 서로 형편을 알고, 필요와 기대가 무엇인지도 짐작할 수 있는 제2의 가족이다. 그러나 아이는 어떻게 도움을 청해야 하는지 알지 못하고, 이웃이 관심과 배려를 보내 줄지도 짐작하기 어렵다. 작은 원과 원 사이에 접점을 찾을 수 없다. 오영이는 소년 화자를 주인물로 내세운 유년시점을 통하여 가정과 가족 그리고 이웃이 사라지는 비정한 현실, 위태로운 삶을 경고하고 있다.

2. 흔들리는 집에는 가족이 깃들지 않는다

섣부른 환상이나 장치를 거부하는 작가는 가족 구성의 당사자인 남녀를 소환한다. 모래성을 닮은 가정 속 가족의 황량한 붕괴 현장을 목도하고 그 원인을 집요하게 추적하고자 한다. 가정의 붕괴는 갑자기 찾아든 재난이 아닌 까닭이다. 「아무도 모른다」는 본처를 내몰고 알바생에서 사장의 아내로 위치를 바꾼 여성 화자의 목소리로 서술된다. 사장 아내의 자리를 단지 차지한 것일 뿐인 여성에게 남편에 대한 사랑은 없다. 화자에게 결혼은 생계를 해결한 '동아줄'일 뿐이다. 가난한 고학생인 그녀는 공부를 통해 자신이 속한 누추한 울타리를 탈출하고 싶었으나 여의치 않았다. 현재 자신의 남편인 성공한 사업가의 별 볼 일 없는 아내(전처)를 본 순간 "저렇게 아무것도 아닌 여자가 누리고 있는 모든 것들이 부당하다"고 생각했고 그간 자신의 노력들이 "쓰레기통에 처박히는" 허탈감마저 느낀다. 그래서 셔츠 단추 두 개를 풀고 남편을 유혹하고, 남편의 손이 셔츠 자락을 비집고 들어올 때 끼치던 역한 체취와 치킨 매장의 딱딱한 테이블을 견디고, 남편을 받아들인다.

화자가 가진 국립대 졸업생이라는 객관적 문화자본과 남자를 유혹할 수 있는 육체적 자본은 성공 신화를 이룬 고졸 남성의 결핍을 자극하고 결혼에 이르는 도구로 유용했다. 그녀의 결혼은 절박한 생존 동기이자 보상심리이다. 결혼 이후 그녀는 자신이 무엇을 얻고 잃었는지를 계산하기에 바쁘다. 그에게 기생하며 물질적 혜택을 누리는 것은 좋으나 그 외의 모든 것은 견디기가 어렵다. 전처 딸을 키우는 것은 힘들고 양육비가 들어가는 것도 아깝다. 그녀에게 결혼은 월급이 나오는 점잖은 매춘에 가깝다.

결혼을 하고 사장 부인으로 물질적 안정을 누린 것도 잠시 그녀는 자신의 위치에 불안을 느낀다. 전처가 확 변신하여 성공 신화를 이루는 중이다. 화자의 불안과 공포는 타자에 대한 공격성으로 드러난다. 전처소생의 아이와 네일살롱에 근무하는 여직원들을 대하는 화자의 태도는 이해하기 어렵다. 백화점 여직원에게는 위압적으로 굴고 아이에게는 폭력을 그대로 행사한다. 공격성(Aggressiveness)은 그 자체로 주체의 구성적 경험을 드러내는 것이다. 그녀를 지배하는 감정은 수치이다. 그녀 행동의 배후감정은 상징적 감정 권력(power of symbolic emotions)으로 이해될 수 있다. 자신을 닮은 익숙한 것들 혹은 과거의 자신을 기억하게 하는 '나약한 것', '견디는 것'들에 대한 공격이다.

켐퍼는 미시적 상호작용이 상황에 근거하여 감정이 내사(introjected)되거나 외사(extrojected)될 수 있다고 주장한다. 내사는 자신이 관계된 감정이 원인이라고 간주될 때 발생한다면, 외사는 타자가 그 원인으로 인식될 때 발생한다. 화자가 유니폼 입은 여직원에게서 성희롱과 수모를 견디고 참았던 자신을 떠올리는 감정이 내사된 것이라면 전처의 자식이 혹이라고 느끼며 상황을 견디는 아이에게서 자신을 발견하는 것은 외사된 감정이다. 소설에서 알 수 있듯이 수치심이 내사될 경우는 거북함과 창피함으로 외사될 경우는 화나 적대감으로 표출된다.

아이는 자신의 위치를 위협할 수도 있는 멋지게 변신 중인 전처를 떠올리게 하는 존재이다. 전처와 그의 아이는 자신을 볼품없는 중년 남성에 기대어 젊은 나이에 남의 자식이나 맡아 기르고 있는 한심한 여자로 인식하게 만든다. 주체의 권력 결여가 자신의 무능력에 기인한다는 생각이 무력감을 동반한다면 주체의 권력 결핍을 유발한 것이 타자라고 인지될 때 타자를 향한 주체의 행동은 적대적이 될 수 있다. 소설은 공허와 결핍을 보상하려는 듯 백화점을 드나들며 쇼핑을 즐기는 그녀의 동선과 A아파트 58평 현관, 욕실, 침실, 거실, 발코니로 장식되는 그녀의 허황한 공간을 추적한다. 그리고 비정상적인 그녀의 아이를 향한 상습적 학대와 은폐된 폭력을 고발한다. 끝내 아이가 죽으면서 그녀의 허위적 삶이 가면을 벗고 자멸한다.

느닷없이 엘리베이터가 멈추고 문이 열리는 순간 내가 사는 층보다 더 높은 층을 향해 올라가는 사람들이 도달하는 정점이 어디일까를 상상하기도 한다. 그럴 땐 분명 올라가는 엘리베이터를 타고 있으면서도 끝을 알 수 없는 어딘가로 추락하고 있는 것 같아 문득 당황하게 된다.

손을 덜덜 떨며 이불을 들추었다. 다음 순간 나도 모르게 내 입을 틀어막으며 눈을 질끈 감아버렸다. 가팔라진 호흡을 가다듬고 조심스럽게 눈을 떴다. 붉게 물든 침대 시트가 먼저 눈에 들어오고 그 위에 피범벅이 된 채 누워 있는 아이가 보였다. 침대 아래로 늘어져 있는 팔은 이상한 각도로 휘어져 있어 차마 정면으로 볼 수가 없었다. 나는 아까보다 더 심하게 손을 떨면서 아이의 이마를 만져보았다. 손바닥을 타고 싸늘한 감촉이 전해졌다.

그녀를 지배하는 기억은 수치(羞恥)이다. 가난에서 비롯된 그녀의 수치는 소외와 분노로 변질된 왜곡된 욕망으로 깊어진다. 홀로 자신을 난전에서 키운, 생선 파는 엄마가 학교를 다녀간 후 친구들이 보였던 자신을 경원시하던 태도는 영혼을 사로잡는 깊은 상처로 남았다. 공부를 통해 만회할 수 있으리라 믿었고 최선을 다했으나 겨우 대학을 졸업하기 위해 아르바이트 자리를 전전해야 했다. 마침내 보상심리로 인한 결혼을 감행

했으나 전처 아이를 살해하는 파국에 이른 것이다.

　수치와 결핍의 감정기억(emotion memory 감정을 불러일으키는 기억)에만 사로잡혀 화자는 정작 변화된 자신의 위치에서 해야 할 일을 놓치고 만 것이다. 그녀는 과거 자신의 상처에 묶여 함부로 감정을 휘두르다 몰락한다. 감정부조화(emotive dissonance)의 원리는 인지부조화(cognitive dissonance)의 원리와 비슷한 방식으로 작동한다. 이러한 방식의 지속은 자신의 감정과 인생에서 스스로 소외됨을 자초하고 만다. 화자는 자기 연출에 속아 스스로 파멸한다.

　「잊히고 있는 집」은 남편에 의해 거래 대상으로 전락한 아내의 (상징적) 죽음을 그리고 있다. 이 소설의 화자는 전업주부로 건망증을 심하게 앓고 있는 중년의 여성이다. 그녀의 건망증은 단순하지 않다. 그녀의 건망증은 삶의 이유마저 망각하려는 변명의 몸짓으로 읽힌다. 정신을 놓거나 잊지 않고서는 살아갈 수 없는 현실에 대한 방어기제로서의 망각이다. 안타깝게도 이런 과정에서 정작 그녀가 놓은 것은 바로 자신이다. 상처를 잊으려 했으나 자신을 망각하는 늪에 빠진다. 그녀

가 지우고 싶은 것은 남편이 자신을 넘긴 거래의 현장
이다. 오래전 사건이지만 잊고자 발버둥 칠수록 함정
처럼 헤어나기 힘들다.

눈을 감자 식탁 아래로 흩어지던 검붉은 장미와 그 위로
쏟아지던 와인이 떠오른다. 깨진 와인잔을 치우려던 내
손을 잡던 과장의 축축한 손바닥 감촉도 생생하다. 남편
의 문자를 받고 나서 울면서 샤워를 하던 기억, 그리고 망
설이다 와인색 립스틱을 바르며 또 한 번 눈물을 흘리던
기억까지 다 생각난다. 유리 조각을 밟지 않도록 도와주
겠다며 덥석 나를 안아올리던 손길과 나를 안은 채 침대
로 가는 동안 내뿜던 숨결, 어서 모든 과정이 끝나고 평상
심으로 돌아가기만을 기다리는 동안 듣고 있었던 침대 삐
걱거리는 소리….

구조조정에서 살아남고자 남편은 아내를 자신의 직
속상관인 과장에게 넘긴다. 아이가 수학여행을 가고
없는 날에 맞춰 남편은 출장을 핑계로 집을 비우며 그
빈집에 남자를 들게 한다. 성폭행 강간이 남편의 묵인

하에 벌어진 이 사건은 화자에게 치명적인 상처일 수밖에 없다. 비겁한 남편은 이 일에 관해 그녀에게 제대로 설명하거나 정식으로 사과하지 않는다.

그녀의 건망증은 사건을 없었던 일로 치부하며 "어쨌거나 가정은 지켜야 하지 않겠냐", "꼭 빨리 잊자"고 주문하는 남편의 강권에 대한 방어기제이기도 하다. 상처도 분노도 모두 잊어야 살 수 있다. 남편은 가정을 지키기 위해서 어쩔 수 없었던 것으로 정리하며 아내의 건망증을 출산할 때 마취가 덜 깬 탓으로 치부한다. 그녀의 건망증에 대한 깊은 고민도 치료에 대한 의견도 없다. 결국, 남편과 아들은 그녀의 건망증으로 인한 불편한 현실을 책망한다.

오영이는 '가정'의 붕괴를 집과 여성의 황폐라는 이중적 장치를 통하여 섬세하고도 사실적으로 묘파한다. 가족의 생계라는 절박한 고개를 넘기 위한 어쩔 수 없는 선택이라는 모순적 강요는 그녀를 자학이라는 우울로 몰아간 것이다. 모든 고통을 피해자인 화자 혼자 감당한다. 가족이 식사와 담소를 나누는 식탁과 부부의 은밀한 침실이 남편의 상사에 의해 더럽혀진 것은 가정에 대한 훼손이자 그녀 몸에 대한 능욕이다. 여타의 공간에서 우발적으로 발생한 일이라면 쉽게 잊는 것도 가능했을지 모른다. 남편의 계획하에 진행된 사건은 환멸이고 모멸이다. 가족의 요새여야 할 신성한 장소가 통째로 훼손된 것이다.

그럼에도 그녀가 사건을 망각하고자 자신을 방기하는 태도는 옳지 않다. 무엇을 기억하고 어떤 것을 잊어야 하는지를 그녀 스스로 구분해야 한다. 비판적 입장과 해결은 기억, 서사에 대한 완성에 있다. 기억은 망각을 극복함으로써가 아니라 오히려 망각이라는 구성적 작업을 통하여 비로소 가능해지는데 망각의 핵심적 계기를 이루는 것에 동원되는 것이 이야기이다. 이야기 완성을 통한 사건에 대한 또렷한 직시는 오히려 과거와의 심리적 거리를 창출하고 망각의 최종단계로 자리매김될 수 있다. 이런 과정은 과거를 단지 포기하는 것이 아니라 새로운 정체성을 이루는 계기로 부활시키는 작업이다. 스스로를 지키기 위하여 이 사건을 새롭게 해석하고 그에 따른 결단(실천)을 마련해야 한다.

가정을 지키기 위한 현실적 결단이었다면 잊는 것이

옳을 수도 있다. 이사를 하는 것도 한 방법이고 여전히 힘들다면 별거나 이혼이 대안일 수도 있다. 자학에 가까운 자기 부정은 끝내야 한다. 비판적 성찰의 결여는 자신의 정체에 대한 몰각으로 깊어진다. 비판은 외부에서도 찾아든다. 화자는 아내, 어머니, 여성으로서의 자신의 정체와 역할을 수행하지 못하는 정신 잃은 사람으로 취급당한다. 소설은 황량한 집과 병들어 시들어 가는 그녀의 정신상태를 등가로 놓으며 위태로운 상황을 경고하고 비판한다.

베란다 밖으로 고개를 내밀자마자, 허리를 숙일 것도 없이 벚나무 가지에 걸려 있는 흰색 팬티가 눈에 들어왔다. 화단의 잔디 위에는 분홍색 수건이 펼쳐져 있었고 흙이 묻은 채로 뒹굴고 있는 옷가지들도 있었다. 베란다에 빨래를 널 때는 알루미늄 새시로 된 창문을 닫아야 한다는 걸 나는 또 잊고 말았다. (중략) 순간 손끝이 허전해진다 싶더니 어디선가 퍽 소리가 들렸다. 결국 우산을 놓쳐버린 것이다. 갑자기 중량감에서 놓여난 내 팔은 허공에서 튀어올랐다. 적당히 기분 좋은 탄성이었다. 역시 버티는 것보단 놓아버리는 편이 편한가 보다.

그녀의 허술함이 집 안과 밖으로 전시되고 있다. '흰색 팬티', '분홍색 수건', '흙이 묻은 채로 뒹굴고 있는 옷가지들'이 그것이다. 그녀의 건망증이 심해질수록 그녀와 집은 구분할 수 없이 황량하고 무질서하게 변해간다. 아무도 도와주지 않는다. 그녀의 상태를 진단하고 치료하고자 나서는 이는 없다. 남편이 밖으로 돌고 아이가 불만으로 지쳐가는 사이에, 그녀는 추락한다. 집과 그녀의 상태에 관심을 가지고 방충망을 설치했다면 그녀의 일상적 고통은 경감되고 죽음도 발생하지 않았을 것이다. 물론 그녀의 생사여부는 정확하게 확인할 수 없다. 분명한 것은 사소한 방치와 방심이 그녀를 죽음 혹은 주검으로 내몰았다는 것이다. 작가의 예리함이 절절하게 빛나는 대목이다.

방충망은 미미한 것이나 그 기능은 심대하다. 몸에 유해한 각종 벌레를 차단할 수 있고 바람이 불어도 빨래가 선을 넘어 대책 없이 전시되거나 추락하지 않게 막아준다. 그랬다면 그녀가 얼굴이 화끈거릴 정도로

부끄러움을 느끼지 않아도 되었을 것이고, 빨래를 건지기 위해 힘을 쓰다 자신을 놓아버리는 일은 결코 발생하지 않았을 것이다. 표면적 이유는 방충망의 부재에 있으나 내면적 이유는 방충망 무게만큼의 관심과 구체적인 애정을 기울이지 않은 가족들의 냉담과 이기심에 있다. 가장 큰 책임은 물론 본인에게 있다. 환멸과 수치에 사로잡혀 자신의 미래를 삭제한 것이다. 체념과 분노에 잠겨 삶을 노예 상태로 끌어내렸다. 성찰은 삶의 위상을 가늠하는 중요한 능력이다. 과거에서 벗어나 적극적으로 삶의 방향을 모색하고 변화를 실천할 수 있었다면 달라질 수 있었을 것이다. 성찰과 모색이야말로 자신의 삶에 대한 사랑이고 책임이고 윤리적 의미를 실천하는 것이기 때문이다.

3. 나를 찾으며, 우리를 사는 길에 사랑이 스민다

「조건만남」, 「스톡홀름 신드롬」에 이르면 결혼은 조롱과 풍자의 대상이다. 「조건만남」의 여주인공 화자는 이혼녀이다. 주인공은 룸살롱에서 만난 매니저와 결혼하였으나 의심하고 무시하는 남편의 학대와 구타를 견디지 못하고 이혼한다. 달리 능력을 갖추지 못한 까닭에 자신의 오피스텔에서 남자를 상대로 몸을 파는 일을 하며 생계를 유지한다. '매춘'의 다른 이름인 '조건만남'이 적어도 그녀의 결혼생활보다 현실적으로 낫다는 사실은 서글프다. 폭력과 방임으로 점철된 기만적인 결혼생활에 종말을 고한 것이다.

「조건만남」의 여인은 조건만남을 이어간다. 자신의 육체적 자본(미모와 젊은 몸)을 생존도구로 십분 활용한다. 슈미즈 차림의 사진을 채팅창에 띄워놓고 컴퓨터와 스마트폰으로 채팅 알림음이 오길 기다린다. 흔히 결혼을 여성이 스스로를 도매금으로 팔아넘기거나 팔려 가는 것으로, 매춘은 소매로 파는 것이라고 하는 세간의 풍자는 새길 만하다. 화자는 자신을 홍보하면서 '가족같이'라는 문구를 사용한다. '역사상 가장 오래된 직업'이라고 하는 매춘은 고대에는 노예이거나 가난으로 인해 몸을 팔 수밖에 없는 사람들의 전유물이었을 만큼 거칠고 위험한 직업이다. 강도는 물론 손님이나 경쟁자로 인한 상해나 살해 등 끊임없는 위협에 시달려야 했다. 특히 손님이 권력자이거나 군인일 경우 더 심했다. 매춘의 현장이야말로 노동과 섹스, 그리고 권력이 특별히 아주 밀접하게 얽혀 있는 곳이라고 할 만하다.

매춘이 금지되는 사회 분위기 속에서 이를 유지해 나간다는 것은 여간 힘든 일이 아니다. 화자가 조건만남을 힘들게 유지하면서 두려워하는 것은 폭력이나 변태적 행위가 아니다. 문제는 돈이다. 두려운 것은 배고픔이고 생활을 이어갈 수 없을지 모른다는 '공포'이다. 견디면 돈이 되기 때문에 기꺼이 감당한다.

허기가 심한 날은 오피스텔 앞의 분식집에 가서 우동이나 김밥을 먹는다. 분식집에 앉아 밥을 먹다 보면 등을 대고 앉아서 나와 같은 메뉴를 먹던 누군가와 나란히 계산을 하고 나란히 오피스텔을 향해 걸어오게 되는 일도 있다. 같이 엘리베이터를 타고 같은 층에서 내리더라도 여전히 등을 대고 각자의 현관 앞에 선다. 그러고는 끝내 인사 한마디 나누지 않고 집으로 들어가 현관문에 안전 고리를 건다.

나는 가난한 노인을 보는 게 기분 나빠 일부러 얼굴을 찌푸리며 편의점을 나선다. (중략) 노인은 목소리마저 가난에 찌든 듯 탁했다. 나는 한마디의 대꾸도 없이 노인과 같이 엘리베이터를 탄다. 피하고 싶지만 어쩔 수가 없었다.

그녀는 자신의 정체가 이웃에 발각될까 숨어 살다시피 산다. 채팅으로 조건만남을 예약하고 간간이 결혼정보회사 알바도 한다. 조건을 들어주는 대가로 돈을 받기도 하고 말을 들어주지 않는 조건(잠을 자지 않거나 자더라도 돈을 받지 않는 것)으로 돈을 벌기도 한다. '신발을 사거나 물티슈 한 박스를 구입하는 것과 다르지 않게 여자를 고르는 고객'의 비위를 맞추고 입금을 유도하는 그녀의 삶은 황폐하다. 그녀는 이 시대의 일용직인 프레카리아트(precariat)이다. 어떠한 보호장치도 없다. 고객이 떨어지면 프레카리아트도 못 되는 신용불량자, 부채인간이 될 뿐이다. 오피스텔 비용을 해결하지 못하면 신용불량자에서 노숙인이 될 수밖에 없다. 그녀에게 결혼을 신청하는 남자도 없고, 사회이동의

자율성은 상대적으로 하락하고 있다. 소설 말미에 무연고 독거노인의 쓸쓸한 죽음을 목도하고 화자는 자신의 미래인 양 아니 미래일 수 없다는 듯 눈길을 피한다. 혐오-동정심에서 공포-적대감-무관심으로의 전환은 배제정치(politics of exclusion)의 감정고리이다.

화자는 같은 오피스텔 이웃에 사는 가난한 독거노인을 볼 때면 불편했다. 자칫 잘못하면 미래의 자신의 모습일 수 있기에 회피하고 싶어 한다. 이러한 감정의 위계화는 감정자본(emotional capital)의 획득 여부에 따른 사회계급(지위)적 위계와 함수관계를 갖는다. 그러나 그녀의 실제 삶은 독거노인보다 나을 게 없고, 전망도 없다. 전환적 삶의 자세가 요구된다. 돈을 위해 감정을 속이고 끝내 자신을 통째로 잃는 소모적인 삶을 계속할 수는 없다. 지속된 불안과 두려움, 공포는 자기 불신과 자존감의 하락을 초래했다. 가난이 죄이고 폭력이고 수치이고 혐오고 죽음이라는 부정적 등식의 환원은 타당한 도출이 아니다. 온전하고 명료한 주체적 삶이 요구된다. 주체화는 시간성과 결합하면서 상이한 실천적 의미를 지니는데, 주체의 실천이 과거지향적인

가 미래지향적인가에 따라 자활이나 역량강화 프로그램의 성공적인 수행 여부가 판가름 난다. 진정, 새롭게 시작해야 한다.

「스톡홀름 신드롬」에서 오영이는 불행이 곧 가난, 결손과 연결되는 개념만이 아님을 분명하게 밝힌다. 경제와 계급의 문제로 환원되지 않는 필터로 거르지 않은 날것의 감정, 그 왜곡에서 비롯함을 차근차근 증거한다. 왜곡된 의식과 인식이 모든 관계와 삶을 훼손하는 기저임을 밝힌다. 오영이 소설의 심오한 주제이다.

이 소설은 앞의 소설과는 사뭇 다르다. 사립대 이사장의 딸인 상층 계급의 여성화자와 평범한 부부 교사의 아들인 스마트한 남성의 만남이다. 연애와 결혼이라는 낭만적 과정을 거쳐 가정을 이뤘다는 점도 주목할 만하다. 물질적 결핍을 모르고 자란 그녀는 야망과 교양을 견지한 그에게 빠진다. '사랑' 혹은 '연애'라는 단어를 사용하고 있으나 이들의 결합은 취약하다. 남자는 자신의 안정적인 신분 상승을 위한 도구로 그녀를 선택한 것이고 여자는 깊은 이해 없이 좀처럼 손에 잡히지 않는 대상인 그를 잡은 것이다.

남자는 보트가 아닌 요트를 살 수 있는 발판으로 여자와 결혼했으나 그 사실을 인정하기는 어렵다. 이는 자신의 벼락출세 문제가 여러 사람들의 입방아에 오르내릴 때마다 여자 문제를 일으키는 것으로도 확인된다. 개교 이래 최연소 학장 그리고 부총장이 되면서 '낙하산'이라는 말이 나돌았을 때에도 침묵하는 대신 여자문제를 일으킨다. 모두 젊고 예쁜 여자들이었고 일렬로 세우면 여자 연예인들의 명단이 될 정도로 빈번했다. 지금의 위치가 아내 덕분이라는 주변의 평가가 그에게는 일종의 콤플렉스임을 짐작할 수 있다. 그러한 남편을 대하는 화자의 태도는 더욱 문제적이다. 관계를 개선하려는 노력보다는 남편의 외도가 길지 않음에 안도하고 모른 척 눈감는 것으로 타협한다. 자신이 남편에게 줄 수 있는 권력의 힘을 과신하고 그의 외도가 길지 않음에 안심한다.

그런데 이번에 남편과 문제를 일으킨 여자는 지금까지의 부류와 달랐다. 우선, 나이만 하더라도 서른이 훨씬 넘었다. 그다지 예쁘지도 않았고, 집안이 좋거나 직업이 화려

한 것도 아니다. 게다가 고아였고, 자기가 자란 고아원에
서 일한다고 했다. 한마디로, 무엇 하나 내세울 만한 게
없는 여자에게 남편은 꺼들리고 있는 거였다. (중략) 남편
이 선물한 명품 가방을 다시 택배로 돌려보내 버리는 여
자. 한밤중에 전화를 해 남편에게 치근대지 말라는 말을
당당히 하는 여자, 도대체 어떤 여자일까. 그게 궁금해 이
변두리까지 찾아왔고, 덕분에 웬 노숙자의 인질이 되는
지경까지 이르고 말았다.

.

오영이는 이 허구의 허구에 메스날을 들이댄다. 반전
은 남편의 여자 취향이 바뀐 것에서 시작된다. 상황이
달라졌으나 그녀는 새롭게 대처할 방법을 전혀 갖고
있지 못하다. 남편의 상대가 '무엇 하나 내세울 만한
게 없는 여자'라는 사실에 당황한다. 남편의 여자가 남
편이 가진 지위와 경제력에 전혀 관심을 갖지 않는다
는 사실도 놀랍다. 여자는 고아원에서 자란 데다가 사
진전을 열기도 하는 예술가이다. 심각한 것은, 쉽게 얻
을 수 없는 이 여자를 남편이 갈망(longing)하고 있다는
점이다. 이제 화자는 쉽게 포착되지 않는 그녀를 확인

하지 않을 수 없다.

화자에게 진정한 경쟁자가 생긴 것이다. 남편이 '꺼들린' 여자는 명품 가방에도 끄떡하지 않고 남편의 지위와 구애에도 연연하지 않는다. 여자의 명품 선물 거부는 간단하지 않다. 이는 곧 화자가 중요하게 생각하는 재화에 대한 평가절하이다. 재화(財貨)는 그것이 아직 소유되지 않고 단지 탐내어지기만 해도 가교 구실을 하는 것으로 대개 개인은 재화와 더불어 어떤 이상적인 환경의 소유를 예상한다. 재화는 감정 상태, 사회 환경, 심지어는 라이프스타일 전체를 어느 정도 구체화함으로써 개인이 그러한 것들의 소유를 생각하는 것을 거들어 준다. 재화는 전이된 의미에의 기교가 되며 아울러 마땅히 그렇게 살아야 하는 삶의 이상화된 판(版)이다.

소설은 화자가 남편의 여자가 여는 사진전을 확인하러 가면서 발생하는 사건과 충격적 경험을 담고 있다. 남편의 여자가 사는 동네는 '오래된 건물들이 게딱지처럼 붙어 있는' 빈민촌으로 주차장은 폐차장과 구분되지 않을 정도에 공기마저도 세균이 득실댈 것 같은 불결한 곳이다. 화자는 불쾌감과 혐오를 드러낸다. 그녀에게 안녕의 상태는 부의 힘, 온전한 건강으로 연결된다. 맥락성, 상황성, 관계성을 강조하는 감정사회학에서 화자가 보이는 이러한 결정적 감정은 단순하지 않다. 감정적 기질과 경향을 드러내는 이러한 감정적 분위기는 타자와 자신을 구별짓는 개념이기 때문이다.

버킷에 따르면 담론은 특정 대상에 대한 사랑, 증오, 적대, 혐오, 희열 등이 복잡하게 얽혀 들어간 언술체계이자 지식-권력이다. 따라서 담론은 순수한 합리적 사고의 산물이 아니라 감정과 지식-권력이 결합된 감정적 의미체계이다. 갖지 못하고 배우지 못한 자들을 무시하는 화자의 감정체계는 가졌으나 사랑받지 못하고 늙어가는 자신에 대한 방어기제와 다르지 않다.

누드전이라더니 이건 속임수다. 풍만하다거나 곡선이 부드럽다거나 아니면 관능적이거나, 뭔가 한 가지는 있어야 할 게 아닌가. 하다못해 천박한 웃음이라도. 그런데 내가 아는 여체의 아름다움과는 상관없는 한 여자가 사진 속에 우멍하게 들어앉아 있을 뿐이다. 벗은 채 개 먹이를 주

는 여자, 청소기를 돌리는 여자, 반쯤 잠긴 눈으로 담배를
피워 문 여자, 무연히 창밖을 보는 여자… 옷을 벗었는지
입었는지에 대한 감각마저도 없다는 듯이 무심하게 여자
는 사진 속에서 나를 내려다보고 있었다. 저런 자화 사진
을 왜 찍은 걸까? 카메라를 고정해 놓고 함부로 옷을 벗
어 던지며 스스로 피사체가 되는 여자를 상상하자 절로
인상이 찌푸려진다.

위 예문은 화자의 감정적 편견을 단적으로 드러내고
있다. 빈민촌에 사는 가난한 여자가 사진전을 여는 것
도 가관인데다가 누드전이라고 표방한 사진전의 내용
도 상식에 부합하지 않다고 생각한다. 작가인 사진 속
여인은 카메라의 시선을 의식하지 않은 듯 당당한 모
습이다. 화자는 자신이 상상하던 '누드전'이 아니라며
불만을 늘어놓고 있으나 자신의 고정관념을 여지없이
깨부수는 그녀의 사진에 압도되고 충격을 받는다. 여
성의 반격이 '사진'이라는 예술 장르를 통해 드러났다
는 것은 상징적이다.

중간예술(부르디외)인 '사진'은 중간계급이 선택하는

예술이다. 누구나 쉽게 배울 수 있고 짧은 기간에 비교적 완성도가 높은 결과물을 만들어낼 수 있는 사진은 대중예술로 각광받고 있다. 사진은 틀 안과 밖 사이 역동적 긴장 관계를 통해 특정한 의미를 만들어낸다. 사진을 찍는 자는 사진을 보는 자의 시선과 요구를 무의식적으로 취사선택한다. 소실에서 여자는 관능적인 나부(裸婦)를 보는 사람들의 요구와 기대를 저버리며 자신을 새롭게 보고 해석하기를 요구한다. 카메라 렌즈 혹은 타자의 시선을 거부하고 자신을 오롯이 담는 도구로서 사진을 활용하고 있다는 인상을 준다. 사진을 주체인 자신의 생각을 당당히 드러내는 예술로 승화하고 있다. 있는 그대로의 자신을 드러내고 그것을 주·객관화하는 힘이야말로 자기 인식, 현실 인식의 기본이 되는 역량이다. 오영이가 사진과 나부를 매개한 탁월한 이유이다. 사진 속 그녀가 옷을 다 벗고 무심히 있을수록 화자는 안달이 난다. 정치적 취향(habitus)을 드러내는 옷을 입지 않은 가난한 '누드'는 이태리 직수입 스타킹 올 하나에도 신경을 곤두세우는 화자와 명품 옷의 취약성을 부각한다.

사진 전시장을 빠져나오면서 화자는 전시장 입구에서부터 위협을 느꼈던 노숙자 같은 부랑자 남자에게 납치된다. 남자는 배를 타는 선원으로 자신을 떠난 여자를 찾는 과정에 범법행위를 저질러 집행유예를 선고받은 범법자이다. 그는 그녀를 찾기 위해 모든 것을 걸고 있다. 여자를 그리워하고 그녀와의 추억을 회상한다. 여기서 다시 주목할 것은 남자의 여자가 영화를 보다 모차르트의 '피가로의 결혼'이란 오페라를 들으며 눈물을 흘렸다는 대목이다. 화자는 다시 혼란에 빠진다.

그들이 함께 영화를 본다는 건 어떤 걸까? 음악적 소양이라고는 눈곱만큼도 없는 남녀가 모차르트의 오페라를 들으며 눈물을 흘릴 수도 있는 걸까? 그 아리아가 사랑이 식어버린 남편의 마음을 되돌리기 위해 아내가 눈물로 편지를 쓰는 내용이라는 건 알고나 울었을까? (중략)
온몸에 명품을 감고서도 한 번도 지어보지 못한 그런 표정을 벌거벗은 여지는 짓고 있었다. 천박하기 이를 데 없는 그런 여자들이 오페라 음악을 듣고 눈물을 흘리다니.

감히 사진전을 열다니. 도무지 인정할 수가 없다. 잘못돼도 한참이나 잘못돼 있다. (중략) 최상류층만 가질 수 있는 명품들에 둘러싸여 있으면서도 늘 고독하던 내 모습이 무심하게 나를 내려다보던 누드와 겹쳐진다. 한 번 눈물이 솟기 시작하자 봇물이 터진 듯 걷잡을 수가 없다. 직수입된 명품으로 치장하고 있으면서도 짝퉁 취급을 받는 것만 같다.

화자는 사진전을 보러 오면서 사진 속의 나부와 부랑자 남성에게서 잇따른 충격을 받았다. 노숙인과 부랑인은 일찍이 노동시장에서 생산기능은 물론 가정이나 사회영역 전반에서 제 기능을 상실하여 사회로부터 완전히 배제된 혐오적 존재이다. 그런데 화자는 자신이 그들보다 별반 나을 것이 없다는 깊은 각성에 이른다. 자신이 걸친 명품이 짝퉁 같다고 느낀다. 알고 있듯이 명품은 브랜드를 영속화하는 불변적 요소를 상표유산으로 세습화한다. 고가의 명품 구입은 브랜드를 인격화한 불변적 요소와 영속성을 내면화하는 것이다. 즉 타나토스의 측면보다 에로스의 측면, 즉 존재와 기억을 부각하고 새기는 행위이다. 그녀가 착용하고 있는 명품은 자신을 증명하지 못한다. 소멸할 듯이 초라하고 부서질 듯이 위태로운 자신의 위치와 상황을 자각하는 데 유용할 뿐이다. 봇물 터지듯 흐르는 눈물은 가식을 벗고 말간 자신을 찾고자 몸부림치는 화자의 정직한 반응이다.

화자는 남편이 몰두하고 있는 여성이 갖춘 자기 세계가 없고, 부랑자 남성의 무모한 진정성도 없다. 다만 감정적 편견과 파편적 인식만을 지녔을 뿐이다. 화자의 말대로 영화 속 아리아가 사랑이 식어버린 남편인 백작의 마음을 되돌리기 위해 아내가 눈물로 편지를 쓰는 내용은 사실이나, '피가로의 결혼'의 도도한 주제는 피가로와 수잔나의 결혼, 사랑의 쟁취에 있다. 백작은 자신의 권력으로 피가로와 결혼할 예정에 있는 수잔나를 취하고 싶어 안달이었으나 백작부인과 수잔나는 지혜를 발휘하여 백작의 음흉한 계략을 폭로하고 저지한다. 이 과정에서 주목할 것은 두 여인의 '옷 바꿔 입기' 전략이다. 수잔나는 백작부인의 옷을, 백작부인은 수잔나의 옷을 갈아입고 나선다. 결국 백작은 수잔

나인 줄 알고 자신의 부인에게 수작을 걸었던 과오를
사과한다. 두 여인의 협조와 지혜로 피가로와 수잔나
는 결혼하게 되고 백작부인도 자신의 사랑을 지킨 셈
이다.

 작가가 강조하고자 한 것도 이 대목이 아닐까. 소설
의 맥락에 비출 때 옷 바뀌입기는 단순하지 않다. 옷은
취향(habitus)과 계급이자 여성에게는 '제2의 피부'로 간
주되기도 한다. 두 여인의 옷 바꿔입기는 사랑을 찾고
자 여성 이전에 한 인간으로서 간절했던 동등하고 평
등한 사상이자 실천이다. 화자가 견지한 감정 권력인
오만과 편견으로는 도달할 수 없는 것이다. 백작부인
과 수잔나의 연대에서 배워야 하지 않을까. 남편을 되
찾기 위해서는 그녀(남편의 여자)의 도움이 절실하다. 그
런 과정에서 화자는 진정한 자존감을 회복할 수 있을
것이다. 자존감(self-esteem)은 주체의 역능, 역량 강화
담론과 결합되는 자활의 가장 중요한 감정자본이다.
물질과 허위의식에 사로잡혀 자신을 직시하지도 성찰
하지도 못하는 지금의 태도로서는 도달하기 힘든 것
이다. 그녀는 변하고 있다. 분명 그녀가 느꼈던 충격은

위선적 계급의식과 결혼관 그리고 타자에 대한 편견을
무너뜨리는 유용한 감정 동력이 될 것이라 생각된다.
자기혐오, 이해, 각성과 같은 감정은 진정한 자아 찾기
와 행복한 삶을 구성해 나갈 수 있는 막연하나 의미 있
는 출발이 될 것이다. 나와 가족 너머 자신과 타자를
이해하며 진정한 삶을 복원하려는 오영이의 간곡한 서
사의 여정이 정점을 돌아 나온다.

작가의 말

 생명의 속성은 쾌(快)보다 불쾌(不快)에 민감하다고 한다. 진화론적인 관점에서 불쾌감을 느낀다는 것은 위험을 감지하는 센서라 할 수 있는데 이때 기민하게 반응해야만 생존에 유리하기 때문이다. 나쁜 냄새가 나는 음식, 두려움을 주는 대상, 지나치게 덥거나 추운 환경, 이 모든 것이 불쾌를 유발하고 이러한 불쾌한 상황을 벗어나기 위해 노력함으로써 살아남을 수 있다는 것이다.

 그러나 가능하다면 불쾌감은 피하고 싶어진다. 불쾌를 유발하는 요인이 사람일 때는 더욱 그렇다. 피하고 싶도록 불쾌감을 주는 사람들을 외면하면 세상은 쾌적해진다. 그들의 게으름과 무능과 어리석음을 탓하며 소외하면 그만이다. 하지만 그렇게 없는 척, 못 본 척 피해 가기만 하고도 여전히 인간이 살아남을 수 있을까? 아니 살아남기 이전에 진정 쾌적할 수 있을까? 도처에 위험이 이렇게 널려 있는데.

광활한 남극의 얼음판 위에서 밤을 나야 하는 황제 펭귄들은 허들링(Huddling)을 한다. 둥그렇게 둘러서서 겹겹의 원을 만든 펭귄들은 서로의 몸을 바짝 붙인 채 안쪽과 바깥쪽 자리를 번갈아 바꾼다. 바깥에 오래 서 있으면 그 추위를 견딜 수 없기 때문이다. 그러니까 누군가에게 집중적으로 추위가 몰리지 않도록, 혹은 누군가만 지속적으로 추위를 피해 가지 않도록 그렇게 쉬지 않고 자리를 바꿔가며 혹독한 추위를 이긴다. 적어도 황제펭귄은 누군가를 소외하고 희생시킴으로써 집단 전체의 '쾌'를 추구하지는 않는다.

가끔 독자들로부터 이런 질문을 받는다. 왜 그렇게 음습하고 칙칙한 소설만 쓰느냐고, 왜 오영이의 소설은 해피엔딩이 없느냐고, 작으나마 희망의 불씨를 발견하고 싶어 소설을 읽는데 왜 독자를 자꾸 불편하게 하느냐고. 그런 물음이 그물처럼 나를 덮쳐오면 나도 할 말이 없지는 않다. 난들 행복해지는 이야기를 쓰고 싶지 않겠냐고. 아니 나야말로 '해피'한 '엔딩'을 통해 희망을 갖고 싶다고. 끝 간 데 없이 불편하기만 한 소

설을 써 내려가는 나는 오죽하겠느냐고. 그러나 나의
항변은 더 끔찍한 상황, 더 한심한 인물이 등장하는 소
설이 되어 고스란히 그물에 갇힐 뿐이다.

『펭귄의 이웃들』 출판을 앞두고 해고 통지를 받았다.
해고 통지를 받던 바로 그 순간 깨달았다. 이제 직장
때문에 소설을 열심히 쓰지 못한다는 변명이 더는 통
하지 않겠구나. 어떻게 먹고살까는 그다음이었다. 나
는 늘 그랬다. 돈을 못 버는 건 소설 쓰느라 일에 집중
을 못 해 그렇고, 소설을 못 쓰는 건 돈 버느라 시간이
없기 때문이라고. 그래서 소설가라 불릴 때마다 짐짓
딴청을 부리곤 했다.
　딴청을 부리며 주저하고 서두르기를 반복하는 동안
소설은 더 서툴러졌다. 작품집을 세 권씩이나 내도 될
까 싶어 주춤. 그러면서도 용기를 그러모아 또다시 책
을 낸다. '펭귄의 이웃'이 되어 허들링에 동참하는 방법
이 내게는 소설 외에 없기 때문이다.
　조심스럽게 또 한 권의 책을 내놓으며 내 소중한 두
아들, 문만과 민규에게 변함없는 사랑을 전한다.

펭귄의 이웃들

초판 1쇄 발행 2022년 10월 7일

지은이 오영이
펴낸이 강수걸
기획실장 이수현
편집장 권경옥
편집 이선화 신지은 오해은 이소영 김소현 강나래
디자인 권문경 조은비
펴낸곳 산지니
등록 2005년 2월 7일 제333-3370000251002005000001호
주소 부산시 해운대구 수영강변대로 140 BCC 613호
전화 051-504-7070 | 팩스 051-507-7543
홈페이지 www.sanzinibook.com
전자우편 sanzini@sanzinibook.com
블로그 http://sanzinibook.tistory.com

ISBN 979-11-6861-095-8 03810

* 책값은 뒤표지에 있습니다.
* 잘못 만들어진 책은 구입처에서 교환해드립니다.
* 본 도서는 2022년 부산광역시, 부산문화재단 '부산문화예술지원사업'으로
  지원을 받았습니다.